Robin J. Gerull

MEINE DUNKLEN, DUNKLEN LÜGEN

Roman

MEINE

DUNKLEN, DUNKLEN

LÜGEN

Bibliografische Information der Deutschen Nationalbibliothek: Die Deutsche Nationalbibliothek verzeichnet diese
Publikation in der Deutschen Nationalbibliografie; detail-
lierte bibliografische Daten sind im Internet über
http://dnb.dnb.de abrufbar.

Coverhintergrund: Ju On auf Unsplash
https://unsplash.com/photos/e6XsI7qqvAA

© 2020 Robin J. Gerull
Herstellung und Verlag:
BoD – Books on Demand, Norderstedt

ISBN: 9783752643114

Am schwersten auf der Seele wiegen
meine dunklen, dunklen Lügen.

Mein Geheimnis,
meine Scham
und mein Verrat,
dass ich es Dir nicht sag.

Es tut mir leid, mein Freund,
so leid.

Über den Autor

Robin J. Gerull, geboren 2002, schreibt Bücher über Verzweiflung, Leid und Liebe. Er lebt in Berlin.

Bei BoD von ihm erschienen:

In Liebe – das Leben (Erzählung, 2018)
Meine dunklen, dunklen Lügen (Roman, 2020)

INHALT

Kapitel I

SCHATTEN IN DEN BLÄTTERN DER BÄUME

Es stand ein Baum auf der Wiese jenseits der Stadt. Er trug die goldensten Birnen und die zinnobersten Äpfel, seine Blätter leuchteten grün wie der Mai, und wenn man mit der Handfläche über die Rinde fuhr, genoss man die Ebenheit des Reliefs. Für Beo verkörperte der Baum all die Pracht und Herrlichkeit der Welt. Und wenn ich ihn danach fragte, lachte er so prall und satt, wie nur Beo lachen konnte.

»Natürlich kommt Dir die Welt bedrohlich und herzlos vor, wenn Du nur dorthin blickst, wo die Menschen solch schreckliche Dinge tun und so leiden. Aber schau Dir zum Beispiel nur diesen Baum hier an!« Er streckte den Arm aus. Wir lagen auf dem Rücken, gebannt vom Lichtspiel im rauschenden Blattwerk. »Vergisst Du da nicht all Deine Sorgen?«

Ich schwieg. Angestrengt versuchte ich, mich zu vergessen, in die einfache Schönheit unseres Baumes fallenzulassen ... Doch es bedrängten mich immer wieder die Grübeleien über Asja und ihren Onkel, über meine kranke Mutter, den Selbstmord des Biolehrers und über die Angst, dass jemand von Beo erfahren könnte.

Ich schaute zur Seite. Er schien meinen Blick nicht zu bemerken, betrachtete nur versonnen die wogende Krone des Apfelbirnenbaums. Ich fand immer, er war wie der Herbst. Irgendwie weise und verspielt zugleich, so bunt, und selbst seine Kleidung hätte nicht herbstlicher sein können. Und ich fragte mich, woher das kam.

»Du beobachtest mich«, stellte er fest und wandte sich mir zu. Er lächelte.

»Ich habe nur gerade darüber nachgedacht ... Warum kleidest Du Dich immer so bunt? Braun, grün, orange ... Was bedeutet Dir der Herbst?« Er zuckte mit den Schultern.

»Sag Du es mir.« Ich blickte wieder nach oben. »Keine Ahnung.«

Und wir lagen noch dort, als es dämmerte.

»Bin wieder da!«, rief ich und schloss die Wohnungstür. Meine Mutter trat aus der Küche. Sie trug ein weiß-rot gemustertes Kopftuch, um ihren chemotherapierten Schädel weniger kahl wirken zu lassen.

»Warst Du mit Beo unterwegs?« Sie wischte sich die Hände an der Schürze ab. »Wie dem auch sei, ich möchte, dass Du mir beim Kochen hilfst. Dein Vater kommt in zehn Minuten.« Sie verschwand wieder in der Küche und ich folgte ihr murrend.

»Mach nicht so ein Gesicht«, sagte sie mit dem Rücken zu mir, während sie Gewürze ins Regal einsortierte. »Schäl lieber eine Rote Bete.« Ich verdrehte die Augen, obwohl ich wusste, dass auch das ihr nicht entgehen würde, und öffnete den Kühlschrank. Während ich im Gemüsefach wühlte, deckte sie den Tisch.

»Wie geht es Asja?«, fragte sie und auf einmal klang ihre Stimme viel mütterlicher.

»Sie war heute nicht in der Schule.«

»Ob sie wieder depressiv wird?«

»Sie ist nicht depressiv, Mom. Einfach nur ein bisschen erkältet, okay? Es ist windig.« Ich drehte den Wasserhahn auf.

»Ich versteh gar nicht, warum Du das so abtust. Es ist Deine beste Freundin.«

»Ganz genau.« Ich schrubbte die Rote Bete ab. »Es ist *meine* beste Freundin. Und Du hast eigentlich nichts mit ihr zu schaffen. Nur weil sie einmal zum Essen hier war, kennst Du sie nicht gleich in- und auswendig.«

»Ach«, machte sie, während ich begann, die Wurzel zu würfeln. »Irgendjemand muss sich ja um sie sorgen. Du scheinst dieser Jemand jedenfalls nicht zu sein.«

Oh, wie falsch sie lag. Ich hatte große Sorgen um Asja. Verdammt große Sorgen. Aber das ging meine Mutter verhext noch mal nichts an.

Beo saß schmunzelnd auf einem der Stühle. Ich wechselte einen Blick mit ihm und musste grinsen.

»Was gibt es denn da zu feixen, junge Dame?« Mom schob die Rote Bete in die brodelnde Suppe. »Das Mädchen ist immerhin nicht zu beneiden.«

»Ach, nichts.« Sie warf einen misstrauischen Blick in die ungefähre Richtung von Beo, als könnte sie ihn spüren.

Die Wohnungstür rumste und ich lief in den Flur.

»Hei, mein Mädchen.« Dad nahm mich in den Arm. Obwohl er zehn Jahre älter war als Mom, wirkte er fast jugendlich. Nie in seinem Leben war er auch nur ein einziges Mal krank gewesen. »Nur ein gequetschter Finger«, sagte er immer und wackelte damit, als wäre er noch blau und grün. »Und das auch nur, weil ich einmal wissen wollte, wie es ist. So toll fand ich es letztendlich nicht.«

»Die Suppe ist jetzt verzehrbereit«, rief Mom aus der Küche. Dad schlüpfte aus den Schuhen und hängte seinen Mantel auf.

»Ute, das duftet vielleicht gut«, sagte er, als er mir in die Küche folgte.

»Setzt Euch, ich tue auf.«

»Zu schade«, meinte Beo, der jetzt hinter mir stand, »dass ich nicht zu essen vermag. Ich glaube, Borschtsch wäre wohl mein Leibgericht.« Ich musste lachen.

»Woher willst Du das denn wissen?«

»Ach, sie erinnert mich so an den Herbst ...« Dad war dabei, sich eine Scheibe Brot zu buttern. Die beiden wussten, dass ich mit Beo sprach. Schließlich lebten wir bereits seit sechzehn Jahren unter einem Dach.

Mom verteilte die dampfenden Schüsseln.

Beo half mir immer mit den Mathehausaufgaben. Bei Tests war er Gold wert. Nur verstand er sich weniger gut auf die anderen Fächer.

»Ich finde, Mathe passt nicht zu Dir«, meinte ich einmal zu ihm, »Du bist eher ein Schöngeist und Dichter.« Darauf lachte er und erklärte, dass er nicht wirklich lesen konnte.

»Aber Du warst doch immer dabei, als ich es in den ersten Schuljahren lernte.«

»Hat mich wohl nie wirklich gereizt. Und ich komme gut ohne diese Buchstaben klar. Nur in der Mathematik ergeben sie einen Sinn für mich.«

Mit vollem Namen hieß er Beo Basilius Bonx. Er war der Einzige aus der Familie, an dem unser Nachname nicht lächerlich klang. Sein Vorname war schon immer da gewesen, hatte schon immer zu ihm gehört. Er war einfach Beo, und das hätte mir genügen können, doch ich ließ es mir nicht nehmen, ihm noch einen Namen mit B zu verpassen. So etwas wie Balthasar oder Bartholomäus. Sehr klangvoll.

Als wir mit den Hausaufgaben fertig waren, spielten wir eine Partie Schach. Es machte mir nichts aus, dass er immer haushoch gewann. Und es gab nicht viele Spiele, die infrage kamen, immerhin konnte er keine Gegenstände bewegen. Karten schieden also aus, und an Würfelspielen hatte er nicht viel Spaß, da er nicht selbst würfeln konnte.

»Manchmal wünschte ich, etwas berühren zu können«, sagte er, als ich zog. »Pferdchen nach F3.« Ich bewegte seinen Springer. »Schach. Einmal über die Rinde unseres Apfelbirnenbaumes streicheln. Einmal Dich in den Arm nehmen, Kim, das wäre doch was.«

Versonnen blickte ich ihn an. »Ja, das wäre schon was.« Ich spiegelte mich im schwarzen Fenster. Der Mond schien. Es war ganz still.

»Wo gehst Du eigentlich hin, wenn Du nicht da bist?« Ich rieb mir die Augen.

»Das habe ich Dir doch schon einmal erklärt.«

»Ich habe es aber nie verstanden.«

»Für mich gibt es keinen Ort, an den ich gehe. Ich bin entweder bei Dir oder ich bin nicht bei Dir. Ich nehm nicht einfach mal frei und geh einen Kaffee trinken.«

Ich lachte. »Ja, aber wo bist Du? Irgendwo musst Du dann doch sein.«

»Ach, Raum, Zeit ... Wen kümmert das schon?« Er lächelte. »Wichtig ist nur, dass ich immer da bin, wenn Du mich brauchst.« Ich liebte sein Lächeln. »Du stehst noch immer im Schach.«

Kapitel II

DIE TUSCHELN

Herr Schenkel klappte die Tafel auf und nahm ein Stück Kreide zur Hand.

»Es ist ein sehr persönliches Thema, um nicht zu sagen ein intimes. Umso wichtiger ist es, darüber so viel zu wissen wir möglich, so wie Ihr in der sechsten Klasse Sexualkunde durchgenommen habt. Wer von Euch hat bereits einen Gabenpaten?«

Ich meldete mich sofort und blickte mich zu Asja um. Sie sah mit trübem Blick aus dem Fenster.

»Psst!«, machte ich, bis ich ihre Aufmerksamkeit hatte. Dann bedeutete ich ihr, sich ebenfalls zu melden. Wir waren Gabenpaten schon seit der dritten Klasse.

Außer unseren ragten nur ein paar wenige andere Arme in die Höhe. Kein Wunder. Es war der größte Vertrauensbeweis, jemandem davon zu erzählen. Häufig war erst der Lebenspartner der erste Gabenpate. Und immerhin waren wir in der zehnten Klasse.

»Gut.« Die Finger gingen wieder runter. »Die Talentologie unterscheidet zwischen zwei Arten der Gaben. Kann sie mir jemand nennen?« Alle sahen wir betreten auf unsere Tischplatten. Wahrscheinlich kannten einige die Antwort, doch nur Adele meldete sich.

»Extrovertierte und introvertierte. Eine extrovertierte Gabe ist eine solche, die die direkte Umgebung beeinflusst, wie alle Arten der Telekinese oder Hypnose; eine introvertierte betrifft nur den Begabten selbst, wie Hypervision oder Empathie. Manche Terminologien gehen auch von den Begriffen ›nachweisbar‹ und ›verborgen‹ aus, da sie meinen, man könne zwar alle extrovertierten Gaben wissenschaftlich nachweisen, bei introvertierten hingegen müsse man der Aussage des Begabten vertrauen.«

»Vielen Dank.« Herr Schenkel kam kaum mit dem Schreiben hinterher. Ich war mir ziemlich sicher, dass es Adeles Gabe war, jeden gelesenen Text unverschämt wörtlich wiedergeben zu können. Das würde auch erklären, warum sie so viel las.

»Kopiert bitte das Tafelbild in Euer Heft.« Herr Schenkel klopfte seine Hände an der Kordhose ab, wie er es immer tat. Er trug nur weiße Hosen.

Jeder wusste, dass Joseph ein photographisches Gedächtnis besaß. Er und Adele hätten ein süßes Paar abgegeben.

Alle ohne photographisches Gedächtnis kramten nun etwas zum Schreiben hervor. Ich linste zu Asja hinüber, die vor mir saß. Lustlos kritzelte sie auf einem zerknitterten Stück Papier herum. Beo lugte ihr über die Schulter und runzelte die Stirn. Mit einem unauffälligen Blick fragte ich ihn, was er sah. »Sie zeichnet nur Kreise auf ihrem Blatt«, diagnostizierte er und malte mit dem Finger Kringel in die Luft. Ich zog die Brauen hoch.

»Kannst Du alles gut lesen, Kim?« Herr Schenkel bedachte mich mit einem seiner gutmütigen Vertrauenslehrerblicke.

»Ja, klar«, sagte ich und schrieb hastig weiter von der Tafel ab. Beo war verschwunden. Herr Schenkel stand auf. »Wie Ihr sicher alle wisst, gibt es keinen bekannten Fall von zwei Gaben, die in einem Menschen vereint wären. Allerdings verzeichnet die Pathotalentologie eine Nullkommawas-Prozent-Quote von ›Unbegabten‹.« Getuschel hob an. Es war bekannt, dass Herr Kasper, der Biologielehrer, sich wegen dieses Defizits vor einem Monat das Leben genommen hatte.

»Dieser Begriff, ›Unbegabte‹ oder ›Gabenlose‹, ist natürlich politisch nicht ganz korrekt. Nur weil jemand keine distinkte Gabe besitzt, kann er oder sie immer noch genauso viel erreichen im Leben wie jeder andere auch. Weiß jemand, ab wann eine ›distinkte Gabe‹ vorliegt?« Adele meldete sich sofort, und zögerlich reckte auch ich meine Hand empor. Herr Schenkel nickte mir zu. Mit hochrotem Kopf stammelte ich: »Also, ich glaube, das findet jeder für sich selbst heraus. Also, man spürt es sozusagen, was seine Gabe ist.«

»Genau!« Herr Schenkel strahlte mich an. »Es gibt zwar Verzeichnisse der gängigsten Gaben, doch nur weil Ihr Euch darin nicht wiederfindet, heißt das nicht, dass Ihr gabenlos wärt. Ihr wisst es hundertprozentig, wenn Ihr Eure Gabe identifiziert. Und niemand hat das Recht, Euch das streitig zu machen. Die Gabe des Menschen ist unantastbar. Asja?«

Jetzt erst bemerkte ich, dass sie sich meldete.

»Kann ich bitte auf Toilette gehen?« Ihre Stimme zitterte leicht. Er schaute auf die Uhr und runzelte die Stirn. »Kannst Du vielleicht noch zehn Minuten warten?« Sie schüttelte den Kopf. »Es ist ein gewisses Mädchenproblem.« Herr Schenkel sah aus, als wünschte er, sich in Luft auflösen zu können. »Na klar, geh schon.« Sie griff ihre Schultasche und rauschte aus dem Klassenzimmer. Besorgt blickte ich ihr nach. Irgendein Idiot in den hinteren Reihen kicherte. Aber ich wusste, dass ihre Menstruation erst nächste Woche einsetzte. Ich wechselte einen Blick mit Beo, der jetzt neben ihrem Pult stand.

»Die Pathotalentologie kennt außerdem Fälle, in denen Menschen ihre Gabe erst in der Pubertät entfalten. Ferner gibt es einige wenige Krankheiten, in deren Verlauf eine Abnahme oder sogar ein gänzlicher Verlust der Gabe stattfinden kann. Bei einem gesunden Menschen nimmt die Ausprägung der Gabe aber in der Regel mit dem Alter zu.«

»Seine Gabe ist bestimmt Hausaufgaben-Korrigieren«, hörte ich Simon hinter mir seinem Tischnachbarn zuflüstern, als Herr Schenkel die Stunde beendet hatte und die Schüler ihre Sachen einpackten. Mir wurde heiß. Das war ziemlich unter die Gürtellinie. Aber ich sagte nichts. Von Simon hatte man schon so einiges gehört. Zum Beispiel war er von einer anderen Schule geflogen, als er hinter das Geheimnis eines Mitschülers gekommen war und es in der Mensa an die große

Glocke gehängt hatte. Und es war nicht einmal etwas so Normales gewesen wie Telekinese oder Hypervision, was jeder kannte, sondern irgendetwas ganz Spezielles. Die Fähigkeit, Tiergeräusche zu mimen oder etwas in der Art, womit nicht jeder so reif umging wie wünschenswert gewesen wäre.

Es gab wirklich schlimme, schlimme Dinge, die Menschen taten, und manchmal fragte ich mich, ob die Welt nicht ohne all die Gaben besser dran gewesen wäre.

Dann gab es solche Leute zum Beispiel, die sich anderen überlegen fühlten, nur dadurch, dass sie ein ganz ungewöhnliches Talent besaßen. Oder umgekehrt den Trend, mit einer durchschnittlichen Gabe die vermeintlichen Freaks auszugrenzen. Das nannte man Donismus, wenn man jemanden für seine Gabe diskriminierte.

Beo war etwas Besonderes. Solche Begleiter hatten nur vier oder fünf unter tausend. Meist waren es nur Stimmen im Kopf oder verschwommene Impressionen, die einem nur bedingt halfen. Ich hatte natürlich viel dazu recherchiert. Und meist ging damit auch eine Form der Hypervision einher, also zum Beispiel die Fähigkeit, durch Wände zu blicken oder mitzubekommen, was hinter dem Rücken vor sich ging, so wie es meine Mutter konnte. Ich hatte nur Beo, und er war perfekt.

»Hey, Kimberley!« Ich drehte mich um. Schüler strömten auf dem Gang an mir vorbei. »Du hast Deinen Kuli liegenlassen.«

»Danke, Martyn.« Ich lächelte ihn an. Zu gern hätte ich gewusst, was seine Gabe war. Es musste etwas wirklich Nützliches sein, wenn er später im Leben klarkommen wollte, denn seine Schulnoten waren bekanntermaßen unterirdisch. Aber das schien ihn nicht sonderlich zu kümmern. Vielleicht war es seine Gabe, die ihm so viel Zuversicht verlieh, dass er selbst noch lächeln konnte, wenn Herr Graal über ihn herzog. Oder er war einfach ein positiver Mensch.

»Na dann, bis gleich in Mathe. Hey, ich freu mich drauf!« Er zwinkerte mir zu und ich musste lachen. Martyn kam mit jedem gut klar. Er war einfach eine Sonne, die nie erlosch. Nicht dass ich es je erlebt hätte, jedenfalls.

Ich blickte ihm hinterher, wie er den Korridor hinablief. Mit seinem federnden Gang und dem teuren Anzug, den er immer trug – ganz so, als könnte jeden Moment der Bundespräsident in die Klasse treten.

Schmunzelnd wandte ich mich um und ging in die Mensa, um etwas zwischen die Rippen zu bekommen. Den Kugelschreiber ließ ich in meinen Fingern kreisen.

Kapitel III

DORT IM RACHEN DER DÄMMERUNG

Asja hieß natürlich Anastasia. Sie wohnte in so einem Stadtrandhaus, bei dem niemand sich je die Mühe gemacht hatte, es zu renovieren. Ihr Vater lebte irgendwo in Mexiko, und ihre Mutter war fast nie daheim. Nur Mia die Katze, von der ich mir fast sicher war, dass sie Beo spüren konnte. Und natürlich Bettina. Ich konnte mich noch gut daran erinnern, wie wir uns damals in einem verlassenen Jägerhochsitz im Abdinger Wald versteckten. Asja hatte einen Rucksack mit Schokoriegeln dabei. Neidisch beobachtete Beo uns, wie wir sie herunterschlangen. Irgendwann hielt ich inne. Eine Eule rief irgendwo in den Bäumen.

»Weißt Du, Asja …« Nachdenklich ließ ich den Riegel sinken. »Ich will, dass wir Gabenpaten sind.« Sie blickte auf. Große Augen.

»Willst Du anfangen?« Sie schüttelte den Kopf. Ihr Blick war fast ängstlich. »Fang Du an.« Schon früh war uns eingeschärft worden, nur unseren allerengsten Vertrauten von unseren Gaben zu erzählen. Es war ein Tabu. Und es war aufregend.

»Also gut. Hier …«, ich machte eine dramatische Pause und deutete auf Beo, »… sitzt Beo Basilius Bonx.« Sie starrte auf die Luft, auf die ich zeigte. »Er ist mein unsichtbarer Begleiter.« Mein Herz pochte ordentlich, aber ich strahlte. Es war eine Erleichterung. »Jetzt Du.« Sie zwang sich zu einem Lächeln. »Ja. Das ist wirklich ein seltsamer Zufall.« Und dann offenbarte sie mir, wer Bettina war. Wir hatten die gleiche Gabe.

Heute war Asja nicht in den Unterricht zurückgekehrt, nachdem sie vorgeblich auf die Toilette verschwunden war. In

Mathe schaute ich die ganze Zeit zur Tür auf, als würde sie jeden Moment hereinspazieren.

»Du gehst zu ihr, oder?«, fragte Beo, als ich nach Schulschluss in die verlassenen Straßen einbog, wie ich es immer tat, um ungestört mit ihm reden zu können.

»Natürlich gehe ich zu ihr.« Ich kaute auf meiner Unterlippe herum. Sie hatte sich wirklich merkwürdig verhalten. Noch merkwürdiger als sonst. »Meinst Du, es ist wegen ihres Onkels?« Ich hatte ihn nie zu Gesicht bekommen, doch Asja hatte so viel von ihm erzählt, dass ich mir seine schweren Tränensäcke, seinen rasselnden Atem und seine ungepflegten Haare lebhaft vorstellen konnte. Er war letztes Jahr gestorben, und endlich hatte sich Asja mir öffnen können. Früher war sie ein unbeschwertes Mädchen gewesen, höchstens etwas schüchtern, doch im Laufe der Zeit hatte sie sich immer mehr in sich selbst zurückgezogen. Eines Tages konnte ich nicht anders, als sie danach zu fragen. Lange schwieg sie daraufhin. Dann begann sie zu erzählen:

»Ich hatte einen Onkel. Ein schmieriger kleiner Kerl mit so stierenden Augen … Seine Gabe war die Hypnose … Aber er hat sie nie für medizinische Zwecke eingesetzt wie jeder Vernünftige … Er hat sie benutzt, um zu bekommen, was er wollte.« Sie machte eine schwere Pause. »Als ich noch kleiner war, suchte meine Mutter immer nach Babysittern für mich, weil sie so lange arbeiten musste. Wenn sie mal nicht genug Geld zusammenkratzen konnte, blieb ihr nichts anderes übrig, als ihren Schwager zu bitten, auf mich aufzupassen. Sie konnte ihn nicht ausstehen, und sie wusste, dass es mir genauso ging. Ich flehte sie an, mir eine Chance zu geben. Dass ich groß genug war, alleine auf mich aufzupassen. Doch dafür machte sie sich zu große Sorgen. Wenn sie gewusst hätte, was in diesem Haus wirklich geschah, wenn er auf mich ›aufpasste‹ …« Sie setzte das letzte Wort in angewiderte Anführungszeichen. »Und er zwang mich, niemandem davon zu erzählen. So ging es über Jahre – seit mein

Dad nach Mexiko durchgebrannt war. Vor einer Woche dann … Mein Onkel trank viel, musst Du wissen, und dann war er gerade auf dem Weg zu mir, um wieder … Auf jeden Fall kam er von der Fahrbahn ab und starb.« Ihre Stimme war tonlos, so als ginge sie das alles gar nichts an. »Damit war der Bann sozusagen gelöst und ich konnte meiner Mutter endlich sagen, warum es mir immer schlechter ging.«

Eine Weile saßen wir dann da und ich starrte auf meine Knie. Beo betrachtete aufmerksam Asjas Gesicht, und Mia ließ sich von ihr streicheln.

»All die Ausflüchte …« Ich war ganz heiser. »Immer, wenn ich Dich fragte, was los sei, musstest Du also lügen?« Sie nickte, während sie Mias orange-weiß getigertes Fell betrachtete, das sich unter ihren Fingern unglaublich weich anfühlen musste.

»Hat sie mit einem Therapeuten darüber gesprochen?«, fragte Beo. Ich blickte zu ihm, der er im Schneidersitz auf dem Teppichboden saß.

»Was ist?«, fragte Asja.

»Beo fragt, ob Du Therapie machst.« Langsam schüttelte sie den Kopf. »Mom kann sich das nicht leisten, und ich hab ihr gesagt, dass ich damit schon alleine fertigwerde. Ich hab ja Dich.«

Ich lächelte zurück. »Und Du hast Bettina.« Ihr Lächeln wirkte abwesend. »Ja, und natürlich Bettina, klar.«

Jetzt, ein Jahr später, schien sie nicht im Geringsten damit fertigzuwerden. Und ich fühlte mich so hilflos wie noch nie.

Als ich an ihrem Haus ankam, fiel das Abendlicht ebenmäßig auf die rissige Straße. Es duftete nach Herbst und temperaturlose Brisen ließen die Pappeln tuscheln. Nach dem dritten Klingeln hatte noch immer niemand geöffnet. Ich probierte die Klinke. Es war offen.

»Asja?« Ich lauschte ins Haus hinein. Es roch nach Katzenfutter. »Anastasia?« Niemand antwortete.

»Vielleicht ist sie spazieren gegangen«, meinte Beo. »Bei dem Wetter …« Aber mich beschlich so ein Gefühl, das einem den Atem nimmt. Vorsichtig schloss ich die Tür und zog mir die Schuhe aus. Beo folgte mir in den Keller, wo Asja wohnte. Es war irgendwie kalt in dem Raum und das Gefühl wurde unerträglich. Ich schaute mich mit klopfendem Herzen um. Etwas lag auf ihrem sonst aufgeräumten Schreibtisch. Ich trat näher und las es Beo vor:

»Schatten in den Blättern der Bäume,
die tuscheln,
dort im Rachen der Dämmerung

Umbrane Gewitterwale am Horizont,
eine gleißend graue Welt,
sie ist krank

Eine Membran so fein wie ein Lächeln,
die Bande der Realität,
nicht mehr zwischen Wahnsinn und mir

Wie ein Mensch, wie ein Tier,
ich brüll wie ein Sturm,
und doch nicht ein einziger Laut

Fort, fort in die Finsternis, fort!
Blut rinnt hinab meinen Arm,
und die Blitze so grell und das Leben so schnell

Und nichts ist wie früher,
wer ist dieser Mensch?
Fort, fort in die Schmerzen

In mir haust die Angst,
wild und grausam und gell,
schwarz wie die Tiefen der See

Nirgends zu sehn
eine Hoffnung, ein Funk?
Und es lockt mich mein Messer ins Dunkel

Doch am Ende des Tunnels,
voll Schwärze und Leid,
wartet auf mich nur die Ewigkeit

Oh, Beo!« Ich ließ das Blatt sinken. »Ob sie sich was angetan hat?« Ich nahm mein Handy heraus und wählte ihre Nummer. Meine Finger zitterten.

»Geh ran, geh ran, geh ran!«

»Hey, hörst Du das?« Beo blickte gen Decke. Ich lauschte. Oben klingelte es. Ich stürmte die Treppe hinauf – Asjas Handy lag auf der Küchenanrichte.

»Oh, Scheiße!« Meine Gedanken flogen durcheinander. Ihre Mutter anrufen? Die Polizei? Den Krankenwagen?

»Das kann sie mir doch nicht antun!« Fahrig blickte ich mich in der Küche um, dann im Wohnzimmer. Vielleicht hatte sie ja einen Abschiedsbrief geschrieben?

»Beruhig Dich. Es ist bestimmt alles in Ordnung. Mal doch nicht gleich den Teufel an die Wand.«

»Du hast leicht reden«, rief ich und schaute mich in der Waschküche um. Auch dort nichts. »Hoffnungsloser Optimist.« Ich sah ihn schmunzeln. Manchmal ging mir seine heitere Gleichmut entschieden gegen den Strich.

Dann hörte ich noch etwas: Jemand machte sich an der Haustür zu schaffen.

»Asja?!« Ich stürzte in den Flur. Die Tür schwang auf. Dort stand sie, zwei Einkaufstüten neben sich.

»Kim? Was –«

Ich fiel ihr um den Hals.

»Ich hab mir solche Sorgen gemacht! Nach der Schule bin ich gleich zu Dir, und Du warst nicht da, und dann dieses Gedicht … Was war in der Schule los?«

Sie blickte auf ihre Schuhspitzen. »Es war mir einfach zu viel. Das ist alles.«

»Asja, irgendwas ist doch. Ist es immer noch wegen diesem Schwein? Hattest Du nicht gesagt, Du hättest damit abgeschlossen?«

»Das hast Du doch selbst nicht geglaubt.« Sie nahm die Taschen und drückte sich an mir vorbei. Ich half ihr dabei, die Einkäufe auszupacken.

»Frag sie, ob sie sich wirklich selbst verletzt hat. Ihr Gedicht klang nicht gut.« Ich warf einen Blick über die Schulter. Beo saß auf dem Esstisch.

»Hör mal, Asja …« Ich reichte ihr ein Glas Erdnussbutter. »Du ritzt Dich aber nicht, oder?« Wortlos verstaute sie es im Kühlschrank. »Du ritzt Dich! Asja, sag mir, dass Du das nicht tust!« Sie drehte sich um.

»Boah, Kim! Die Welt ist halt nicht so heil und unschuldig, wie Du manchmal denkst! Sie ist verdammt nochmal beschissen, und nur dass Du's weißt: Ich kiffe auch.« Sie wandte sich ab. Ich biss auf meine Unterlippe und wechselte einen Blick mit Beo.

»Wo ist Bettina?« Sie antwortete nicht. Der Kühlschrank begann zu piepen, weil er schon zu lange offenstand. Schließlich schloss sie ihn behutsam.

»Sie steht dort drüben.« Asja nickte mit dem Kopf Richtung Küchentür.

»Und was sagt sie zu Deinem Zustand? Lässt sie Dich einfach so machen?«

Sie starrte die Tür an. Vielleicht sagte Bettina gerade etwas zu ihr.

»Sie findet es nicht gut. Sie hasst es, dass ich meine Arme aufschneide und mich zudröhne. Aber sie kann nichts dagegen tun. Sie ist nicht gern dabei ...« Sie machte eine Pause. »Und sie sagt, dass sie Dich bittet, mir zu helfen.« Abermals wandte Asja uns den Rücken zu. Sie öffnete den Kühlschrank wieder und belud ihn mit den letzten paar Einkäufen.

»Aber wie? Asja, wie kann ich Dir helfen? Ich fühle mich so ... gefesselt. Ich komm nicht an Dich ran. Warum öffnest Du Dich mir nicht?« Langes Schweigen. Asja starrte aus dem Küchenfenster. Beo betrachtete sie ernst.

»Ich ...« Sie räusperte sich. »Ich möchte, dass Du jetzt gehst.«

»Asja –«

»Bitte.« Ich blickte zu Beo. Er zuckte mit den Schultern. »Vielleicht braucht sie jetzt etwas Zeit für sich ...« Ich schüttelte den Kopf. Sie hatte viel zu viel Zeit für sich selbst.

»Asja, wollen wir nicht einen Film schauen? Wir können später auch kochen –«

»Geh.« Ich ließ den Kopf hängen.

»Okay. Ruf mich an, wenn Du mich brauchst. Bitte! Und bitte tu Dir nichts an.« Sie wandte sich nicht um, als wir die Küche verließen.

Irgendetwas stimmte absolut nicht.

»Wie ein monströses Etwas, das sich im Laufe der Jahre um ihr Herz geschlossen hat«, meinte Beo, »und nun ist die Eklipse vollkommen.«

Und ich hätte dieses Gefühl so gerne abgestellt – das Gefühl, dass sie mir nicht nur etwas verschwieg, sondern dass sie mich belog.

Kapitel IV
UMBRANE GEWITTERWALE AM HORIZONT

Ich tat kein Auge zu in dieser Nacht. Mein Körper war unglaublich müde, fühlte sich an wie betäubt – meine Gedanken wirbelten hellwach umher: Bruchstücke aus dem furchtbaren Gedicht; Asjas Gesichtsausdruck; ihre Worte, die mich so tief getroffen hatten, dass mein Herz blutete. Ich konnte es nicht ertragen, wie sie sich zusetzte. Hatte lähmende Angst, dass sie etwas noch viel Schlimmeres tun könnte. Warum redete sie nicht mit mir? Und was unternahm Bettina, um ihr zu helfen?

»Beo, bist Du da?«

»Natürlich bin ich da«, drang seine ruhige Stimme aus der Dunkelheit. »Wann immer Du mich brauchst.«

»Meinst Du, Asja tut sich was an?« Schweigen. Ich bekam eine Gänsehaut.

»Kim, was immer geschieht, es ist nicht Deine Schuld. Du kannst nicht mehr tun, als Deine Hand auszustrecken. Wenn Asja sie nicht ergreift, bist Du machtlos.«

»Ich könnte Geld sparen und Therapiesitzungen für sie bezahlen.«

»Und Du meinst, sie würde sich einem Wildfremden öffnen, wie viele Doktortitel er auch hat, wenn sie sich nicht einmal ihrer Gabenpatin anvertraut? Es gehen düstere Dinge in ihr vor. Ich vermag nicht, mir vorzustellen, was es wohl sei.«

»Ob es mit ihrem Onkel zu tun hat? Das scheint sie jedenfalls vorzuschieben.«

»Ich glaube, da ist noch mehr. Ein dunkles Geheimnis, das sie von innen heraus zerstört.«

»Oh, Beo! Sag nicht so schreckliche Sachen. Was, wenn Du recht hast?« Darauf bekam ich keine Antwort. Ein vager Verdacht drohte, sich in mir zu manifestieren, doch ich wagte nicht, ihn zuzulassen. Und so lag ich noch da, als der Morgen graute.

Asja blieb heute wieder dem Unterricht fern. Dafür setzte sich mir in der Essenspause jemand anderes gegenüber. Es war Martyn.

»Hey, wie gehts? Hast Du Deinen Kuli noch?« Er beugte sich vor und fuhr mit gedämpfter Stimme fort: »Hör mal, ich will Euch weiß Gott nicht zu nahe treten. Aber es ist in aller Munde. Und wenn Du Hilfe brauchen solltest ... Ich biete meine Unterstützung an.«

»Wobei?« Es klang forscher als geplant.

»Naja ...« Martyn kratzte sich am Hinterkopf. »Es ist nicht zu übersehen, dass etwas mit Anastasia nicht stimmt. Und ...« Er blickte mir in die Augen. Ich funkelte zurück.

»Und Du dachtest, Du könntest sie etwas therapieren?«

»Nein, ich dachte nur ...« Ich stand auf und griff mein Tablett.

»Tut mir leid«, sagte er noch, als ich davonstolzierte.

»Was ist denn auf einmal?« Beo hatte Mühe, mit mir Schritt zu halten.

»Da kann ich ja gleich erzählen, wer Bettina ist. Und soll ich ihm bei der Gelegenheit auch Dich vorstellen?«

»Ich fand das gar nicht so aufdringlich. Gib ihm doch ne Chance.«

»Das sagst Du doch nur, weil Du auf ihn stehst, gibs zu!«

»Das ist nicht fair. Und wenn schon. Du hast ihn grundlos vor den Kopf gestoßen.«

»Ich hab ihn vor den Kopf gestoßen? Spielen wir hier verkehrte Welt?« Ich presste mir mit der Schulter mein Handy gegens Ohr. Das tat ich immer, wenn ich mich in der Öffentlichkeit mit Beo unterhielt. Es war seine Idee gewesen.

Auf der anderen Seite der Mensa stellte ich mein Tablett ab und nahm mein Handy in die Hand.

»Und warum lässt Du Dir nicht helfen? Du hast doch selbst gesagt, dass Du Dich hilflos fühlst.« Ich starrte ihn an. Für einen Außenstehenden sah es so aus, als würde ich beim Telefonat in die Luft schauen. »Vielleicht weil die Materie etwas zu intim ist, um sie einem Fremden anzuvertrauen?«

»Von wegen fremd. Asja hat sich immer gut mit ihm verstanden.« Ich ließ mich auf die Bank fallen und blitzte zu Martyn hinüber, der sorglos einen Pudding verzehrte.

»Und wie soll ich das Deiner Meinung nach anstellen? Ihm alles erzählen von ihrem Onkel und so und er präsentiert mir die Lösung?«

»Vielleicht hat er ja eine therapeutische Gabe.«

»Oh, gute Idee! Ich geh gleich zu ihm hin und frag ihn nach seiner Gabe.« Beo runzelte die Stirn.

»Was ist eigentlich los mit Dir? Du verhältst Dich, als hätte er Dich gerade gefragt, ob Du mit ihm kopulieren möchtest.« Mein Gesicht wurde heiß. Langsam breitete sich ein Grinsen in Beos Gesicht aus. »Oh, verstehe … Du hast Dich in Martyn verguckt. Wann war es? Gestern? Als er Dir den Kugelschreiber gegeben hat?«

Ich stocherte in meinem kalten Pastagericht herum.

»Lächerlich«, grummelte ich.

Beo glitt neben mich auf die Bank. »Er ist schon süß, oder?« Wäre er aus Fleisch und Blut gewesen, hätte Beo mich jetzt sicher in die Seite geknufft.

Es klingelte.

»In fünf Minuten beginnt der Unterricht. Ich muss jetzt auflegen.«

»Kim, jetzt sei doch nicht so.« Ich tat, als würde ich das Telefonat beenden, steckte das Handy ein und stand auf, um das Tablett wegzubringen. Beo folgte mir auf den Fuß.

»Komm, Du hast es gerade zugegeben, jetzt steh auch dazu.« Ich drehte mich entnervt um. Da stand Martyn. Vor Schreck ließ ich beinahe das Tablett fallen.

»Hey, ich wollte mich nochmal entschuldigen. Ist vorhin dumm gelaufen. Mein Fehler.« Er streckte mir die Hand hin. Mir wurde wieder heiß.

»Ist schon okay«, sagte ich, ohne auf seine Hand zu reagieren. »Komm schon.« Beo stand hinter ihm. »Sag wenigstens, dass es Dir leidtut, wie Du ihn angefahren hast.« Ich ignorierte ihn.

»Du ... bist immer noch sauer.« Das war eine Feststellung.

»Ich muss zum Unterricht.« Als ich mich an ihm vorbeischob, biss ich mir auf die Lippe, weil mir einfiel, dass wir zusammen Bio hatten. Mit glühenden Ohren stellte ich das Tablett auf einen Tisch und hastete dann die Korridore entlang.

»Ich versteh nicht, warum Du ihn so abblitzen lässt.« Beo hatte Mühe, sich durch die entgegenkommenden Schülermassen zu manövrieren. Er mochte es nicht, durch feste Materie hindurchzugleiten.

»Dann verstehst Du es halt nicht«, zischte ich aus dem Mundwinkel. Natürlich sagte ich ihm nicht, dass ich es selbst nicht verstand.

Ich erhielt keine Antwort. Kurz blieb ich stehen, um mich nach Beo umzuschauen. Das tat er manchmal: verschwinden, wenn ich harsch zu ihm wurde. Nicht dass er beleidigt oder verletzt war. Er wusste einfach nur, wenn ich mal genug von ihm hatte.

Ich eilte weiter und schaffte es noch vor dem zweiten Klingeln in den Bio-Raum.

Martyn suchte meinen Blick, doch ich wich ihm aus. Was war los mit mir? Vielleicht sollte ich einfach Frieden mit ihm schließen.

Oder ihm eine knallen.

Kapitel V
EINE GLEISSEND GRAUE WELT

Heute nahm ich einen anderen Weg. Die Straße war belebt und ich wusste, dass Beo das nicht leiden konnte. Ich wollte nicht mit ihm sprechen, aber das hielt ihn natürlich nicht davon ab, trotzdem aufzutauchen.

»So, jetzt sag mir mal, was los ist. Ist es wegen Asja? Wegen Martyn? Stehst Du auf ihn? Es sind die Hormone, gibs zu.« Ich verdrehte die Augen. Wut stieg heiß in meiner Brust auf, und ich holte mein Handy hervor.

»Es geht mir gut, ja? Vielleicht kann ich den Typ einfach nicht leiden.«

»Aber das stimmt nicht. Und Du weißt, dass ich es weiß.«

»Boah, musst Du immer so ... pseudo-deeskalierend antworten? Merkst Du, dass Du das ziemlich oft tust?«

»Du bist außer Dir. Das nehme ich jetzt nicht persönlich.«

»Weil Du nie irgendwas persönlich nimmst. Sankt-Beo. Aber vielleicht meine ich es ja persönlich. Vielleicht find ich einfach gerade, dass Du Dich aufführst wie ein Idiot.« Ich schritt immer energischer aus.

»So hast Du noch nie mit mir gesprochen.« Das war kein Vorwurf, das wusste ich, doch es ließ sich hervorragend als einer hinstellen.

»Na und? Vielleicht hab ich es mir nur immer verkniffen.« Das hatte ich nicht. Etwas war wirklich anders als sonst. Aber ich war zu fuchsig, mir groß einen Kopf darum zu machen.

»Geh doch hin, wo der Pfeffer wächst.« Das Handy ans Ohr gepresst lief ich weiter, rempelte Entgegenkommende an und wappnete mich für eine deeskalierende Erwiderung von Beo. Es kam keine. Es kam gar keine Erwiderung. Beklommen blieb ich stehen und wandte mich um.

»Beo?« Er war wieder verschwunden. Zweimal an einem Tag. Na toll. Ich steckte das Handy weg und setzte meinen Weg fort, machte mir vor, einfach nur wütend zu sein, doch gegen dieses mulmige Gefühl konnte ich nichts ausrichten.

Irgendwann verließ ich die Hauptstraße und kam schließlich auf den Feldweg. In der Ferne ragte der Kirchturm in den wolkenschweren Herbsthimmel, umgeben vom Abdinger Friedhof. Ich trat Steine vor mir her und schickte sie in die Pfützen am Wegesrand. Ein Auto fuhr vorsichtig an mir vorbei und humpelte durch die Krater. Es trug Beos Lieblingsfarbe.

»Braun enthält all die Lebendigkeit von Rot«, erklärte er mir einmal, »all das Licht von Gelb und die Ruhe von Violett. Es ist die Farbe des Herbstes und der Erde, des Holzes und des Brotes.«

»Und von Schokolade«, hatte ich hinzugefügt.

Ich zog meinen Blick vom Heck des Autos und ließ ihn über die Landschaft wandern. Dann blieb ich stehen. Dort hinten auf dem Friedhof – war das nicht Asja? Ich verließ den Weg und machte ein paar matschige Schritte querfeldein. Ja, ganz sicher: Da stand Asja bei einem Grab, den Kopf gesenkt. Ich erkannte ihre blaue Jacke mit dem rotweißen Streifen auf Schulterhöhe. Unschlüssig blieb ich stehen. Sollte ich sie behelligen? Aber was hatte das zu bedeuten? Ich wusste von allen Leuten, die in ihrem Leben verstorben waren. Die Eltern ihrer Mutter lagen in den Niederlanden begraben, und die ihres Vaters in Bayern. Ansonsten gab es nur ihren Onkel. Den Hypnotiseur. Womöglich versuchte sie irgendwie, damit abzuschließen. Ich hatte sie noch nie auf dem Friedhof gesehen. Gerade entschied ich mich, sie allein ihr Ding machen zu lassen, als sie plötzlich in meine Richtung schaute. Ohne nachzudenken, hob ich die Hand zum Gruß, doch sie lief zwischen den Bäumen und Grabsteinen davon.

»Hey!« Keine hundert Meter links von mir führte eine gepflasterte Straße zum Parkplatz der Kirche. Ich stakste durch die ausgelaugten Ackerhügel darauf zu. Als ich auf dem Friedhof ankam, war von Asja keine Spur.

»Asja! Was ist los, warum versteckst Du Dich? Anastasia!« Ratlos ging ich zu dem Grabstein, an dem ich sie entdeckt hatte.

FILLIPP EBER

Inmitten des Unkrauts lag eine weiße Blume.

Mir kam eine Idee.

»Anastasia.« Sie saß allein im kleinen Gotteshaus und starrte Jesus Christus an, der leidend über dem Altar hing. Ich setzte mich leise neben sie auf die Bank.

»Warum bist Du weggelaufen?« Ich riss mich vom Anblick des Kreuzes los und schaute sie an. Sie hatte geweint.

»Ich wollte allein sein.« Sie blickte auf ihre Knie.

»Soll ich —«

»Schon gut.«

Wir schwiegen. Betreten blickte ich mich in der Kirche um. Eine Frage brannte mir auf der Zunge, und leise, als würde sie dadurch weniger heikel, stellte ich sie: »Warum hast Du ihm eine Blume aufs Grab gelegt?« Schweigen. »Ist Weiß nicht die Farbe der Unschuld und Reinheit?« Ich biss mir auf die Lippe und blickte noch einmal zur Seite, um zu sehen, wie sie auf mein dummes Nachhaken reagierte. Ihr Gesicht war ausdruckslos.

»Die Blume ist nicht von mir«, sagte sie schließlich. »Ein Friedhofsgärtner muss sie dahingeworfen haben.«

»Und warum bist Du hier?«

»In der Kirche?«

»Ich meine bei ihm. Warum besuchst Du sein Grab?«

Sie seufzte. »Vielleicht um Antworten zu finden auf Fragen, die … Keine Ahnung. Ich will nicht darüber reden.«

Wieder diese Stille. Diese Stille, die unter dem Kuppeldach widerzuhallen schien. Jedes Kratzen von Füßen auf Steinboden war zu hören.

»Ich wusste nicht, dass Du gläubig bist.«

»Ich auch nicht. Aber schaden kann es sicher nicht, hier zu sitzen.« Wieder seufzte sie, dann stand sie auf.

»Ich muss eine rauchen. Kommste mit?« Unbehaglich folgte ich ihr. Draußen duftete es nach Gewitter, und kurz darauf stieg mir der Geruch von Marihuana in die Nase. Ich musste husten.

»Ey, find ich scheiße von Dir, dass Du kiffst, okay?« Asja zuckte mit den Schultern, inhalierte und setzte sich in Bewegung. Ich lief ihr hinterher.

»Ist zur Kenntnis genommen.« Ich wedelte mit der Hand, um den Rauch zu zerstreuen. Diese gleichgültige Asja war mir irgendwie unheimlich. Es war, als wäre das Leben aus einer kleinen Wunde in ihrem Herzen abgelaufen, und jetzt war sie nur noch ein Körper, der seine Schmerzen ertragen musste.

»Wohin gehen wir?«

»Keine Ahnung.«

»Wo ist eigentlich Bettina?«

»Keine Ahnung. Vielleicht irgendwo Pizza essen gegangen.«

»Asja, bleib doch mal stehen.« Widerwillig drehte sie sich um. »Du musst mir jetzt was sagen, und bitte, bitte sag mir die Wahrheit.« Sie zog die Brauen hoch und tippte die Asche ihrer Kippe ab. »Denkst Du darüber nach, Dich umzubringen?« Sie kniff die Lippen zusammen. »Bitte Asja, ich muss das wissen. Ich ertrag es einfach nicht, Dich so fertig zu sehen.« Asja blickte zum Himmel, als hoffte sie auf göttlichen Beistand.

»Nur weil ich ein bisschen ritze und kiffe, knipse ich mir doch nicht gleich die Lichter aus.« Sie nahm einen Zug und ging dann weiter Richtung Parkplatz, wo das Eisenstabtor halboffen stand. Irgendwie beruhigte mich das nicht so ganz, doch ich ließ sie fürs Erste damit in Frieden. Vereinzelte Regentropfen prickelten in meinem Gesicht. Ich holte Asja ein und schweigend machten wir uns auf den Weg. An der Gabelung musste sie nach rechts.

»Bye, Asja.«

Sie warf den Glimmstängel in eine Pfütze und stapfte ohne ein Wort davon. Eine Weile blickte ich ihr nach, dann schlug ich den Kragen meiner Jacke hoch und lief nachhause, verfolgt von schweren Regentropfen.

Kapitel VI

SIE IST KRANK

Heute war Freitag und ich war überrascht, Asja wieder im Unterricht zu sehen.

»Hey, wie gehts?«, raunte ich ihr zu, als sie auf ihrem Platz saß und der Lehrer noch nicht da war.

»Blendend, echt. Ich fühl mich wie neugeboren.«

»Soll ich … nach der Schule vielleicht zu Dir kommen? Wir können einen Film schauen und uns was kochen oder einfach was bestellen oder so. Ich weiß, dass Deine Mutter grad nicht da ist. Ich kann auch bei Dir übernachten.«

Asja starrte die leere Tafel an, sie presste die Lippen aufeinander.

»Aber wir müssen auch nicht –«

»Doch«, sagte sie plötzlich, »lass es uns tun.«

Mein Herz machte einen Satz. Das war doch ein Anfang.

»Aber ich versprech Dir nicht, gut drauf zu sein oder dass ich mir zwischendurch nicht einen Sargnagel reinziehe.«

»Okay.« Kurz wurde mir flau bei der Vorstellung, dass ich einmal von der Toilette zurückkam und sie mit Rasiermesser und blutendem Unterarm auf ihrem Schreibtischstuhl vorfand. Ich warf einen Blick auf ihre Arme. Sie trug ein dunkles Sweatshirt und darunter ein langes weißes T-Shirt.

Dann schüttelte ich den Gedanken ab und lächelte ihr nochmal zu, bevor der Lehrer hereinkam. Schwach erwiderte sie es.

»Erinnerst Du Dich noch an damals, als wir uns bei Dir im Keller auf den Boden gesetzt und Du Bettina und ich Beo gemalt haben, um sie uns gegenseitig zu zeigen?« Wir liefen die stillen Gassen entlang, auf dem Weg zum Stadtrand.

»Jaah.« Sie klang nicht, als würde ihr der Gedanke daran besondere Freude bereiten. »Was ist damit?«

»Hast Du die Bilder noch?« Schweigen.

»Klar«, sagte sie dann. »Finden sich bestimmt irgendwo in einer Kiste.«

Ich kaute auf meiner Lippe herum.

»Beo ist verschwunden«, brachte ich schließlich hervor und beobachtete ihre Reaktion. Es gab keine. Nur ein unbestimmtes ›mhm‹, was auch ein Räuspern hätte sein können.

»Wir haben uns übel gestritten, wegen Martyn. Du, das wirst Du nicht glauben, aber der hat sich doch tatsächlich nach Dir erkundigt.« Sie hob die Brauen. »Und das nicht genug, hat er auch noch gefragt, ob er Dir helfen könne. Mann, hab ich ihm eine Abfuhr verpasst.«

»Ist das nicht dieser Kasper, für den Beo ein Faible hat?«

»Genau, deshalb haben wir uns gestritten. Natürlich hat er ihn in Schutz genommen. Das fand ich unmöglich.«

»Was ich viel interessanter finde: Was geht Martyn mein Gemütszustand oder auch nur meine Fußnagellackierung an?«

»Genau!« Meine Reaktion war vollkommen angemessen gewesen.

»Aber meinst Du, Beo kommt bald wieder?«

»Klar kommt der wieder. Du hast mir doch selbst erzählt, es sei üblich, dass man in der Kindheit am meisten begleitet wird und mit dem Alter die Besuche immer seltener werden.«

Und es gab auch eine trotzige Stimme in meinem Kopf, die sagte: »Vielleicht tut Dir die kleine Pause von ihm ja ganz gut.« Ich wusste, dass diese Stimme recht hatte, auch wenn es einem anderen Teil von mir nicht im Geringsten behagte. Ich musste mir eingestehen, dass ich ihn vermisste. Mehr als vierundzwanzig Stunden war ich bisher noch nie ohne ihn gewesen.

»Liegt meine Tasche eigentlich noch bei Dir?« Die Übernachtungstasche war, genau wie der Handy-Trick, Beos Idee gewesen. Er hatte eine sehr pragmatische Ader, woher wohl auch sein Mathematikverständnis rührte. Die Tasche enthielt Zahnputzzeug und zwei Schlafanzüge, falls ich spontan nach der Schule entschied, bei Asja abzusteigen, ohne vorher nochmal nachhause zu müssen. Eine Zeit lang hatte ich sie fast jeden zweiten Tag gebraucht, doch in letzter Zeit hatte sie wohl vergessen in Asjas Schrank gelegen.

»Nee, ich hab die Sachen gespendet.« Ich lachte und etwas von der Spannung, die zwischen uns geherrscht hatte, löste sich auf.

»Ey, tut mir echt leid, aber ich finde sie nicht.« Asja kam aus dem kleinen Nebenraum, wo sie und ihre Mutter das ganze Zeug aufbewahrten, das woanders im engen Haus keinen Platz hatte.

»Ich könnte noch weitersuchen, aber vielleicht ist es ja nicht so wichtig.«

»Schade.« Ich zog meine Tasche unterm Bett hervor. »Ich hätte sie mir gerne mal wieder angeschaut.«

»Hey, lass uns ein bisschen Schokolade holen und einen Film schauen. Ich muss abschalten.«

Wenig später saßen wir bei spärlicher Beleuchtung auf Asjas unendlich weicher Couch vor dem niederländischen Krimi-Klassiker ›Het Trio van den Haag‹, in dem Asjas Mutter Miriam eine kleine Nebenrolle gespielt hatte.

Es ging um drei Bankräuber, die mithilfe ihrer Gaben ein Vermögen zusammenrafften. Klaas, der mit der Narbe auf dem Kinn und den blonden Haarstoppeln, konnte durch seine feinmotorische Telekinese beliebige Schlösser und Tresore knacken. Fil machte sich unsichtbar und konnte selbst von Polizei-Detektiv Peter Pollepel nicht aufgespürt werden, trotz dessen Hypervision. Und schließlich Dirk mit dem überragenden räumlichen Vorstellungsvermögen, der unabdinglich war für die Planung und Durchführung eines Raubes in einem hochgesicherten Gebäude.

Der Streifen war nicht übermäßig tiefgründig – ideal zum Abschalten.

Mitten in einem Close-Up von Klaas' schweißnasser Stirn drückte Asja auf Pause.

»Bettina lässt Dir ausrichten, dass Du Deine Schokolade ein paar Dezibel zu laut kaust.« Ich schaute mich um. »Tut mir leid, Betti!«, sagte ich mit vollem Mund in den Kellerraum hinein.

»Sie sitzt auf dem Sessel.« Ich winkte peinlich berührt in ihre Richtung. »Ich schmatz nicht mehr, versprochen. Mach weiter.«

Die Tresortür sprang auf und Klaas ließ sich über Funk von Dirk erklären, wie er die Alarmanlage umging. Fil stand unsichtbar Wache.

Ich musste gähnen, obwohl es erst früher Abend war, und schmiegte mich an Asjas Schulter. Sie verspannte sich etwas unter mir, doch dann ließ sie es zu und strich mir gedankenverloren durchs Haar.

»Weißt Du, an wen Klaas mich immer erinnert?«, fragte sie. »An Herrn Kasper. Er hatte genau die gleiche Frisur und diesen männlichen Kiefer.«

»Nur ohne Narbe. Und wenn Du ihm eine Frage gestellt hattest, blickte er immer zuerst an die Decke, dann auf seine Schuhspitzen und fiepte eine Antwort. Wenn Du Klaas eine Frage stellst, kommt erstmal eine Gegenfrage zurück und er sieht dabei zu, wie Du anfängst zu schwitzen.«

Asja musste lachen. Ich wusste, dass ihr der Selbstmord des Biolehrers nahegegangen war. Sie mochte ihn gern, anders als die meisten. Es hatte eine gewisse Solidarität zwischen ihnen geherrscht, und manchmal war sie in den Pausen in sein Büro gegangen, um mit ihm über Chloroplasten und Photosynthese zu fachsimpeln. Nach der Tragödie hatte sie nie wieder Begeisterung für das Fach aufbringen können.

Aber sie wusste, dass ich mich nicht über ihn lustig machte. Ich hatte ihn auch gemocht. Auf seine Weise war er wirklich nett gewesen. Aber es hatte ihn fertiggemacht, dass er keine Gabe besaß, und als es sich eines Tages irgendwie herumsprach und ihn die unreiferen Schüler noch herablassender behandelten, hängte er sich in seiner einsamen Einzimmerwohnung auf.

Später kochten wir Ratatouille mit Quinoa. Ich hatte zum ersten Mal seit Wochen das Gefühl, dass alles wieder war wie früher, als Asjas Vater noch nicht nach Mexiko gezogen und alles den Bach runtergegangen war. Das Gefühl hatte ich schon sehr oft gehabt. Asjas Laune konnte sich so rasant wandeln wie das Wetter. Wenn sie ausgelassen war – meistens mit mir –, war es, als schiene die Sonne. Und dann holte sie irgendetwas zurück in die Wirklichkeit ihrer beschissenen Erfahrungen und schwere Wolken schoben sich vor.

Das war nach dem Essen, als wir das Geschirr abräumten und in die Spüle legten …

»Mein Handy klingelt.« Asja lief in den Flur und ich hörte gedämpft ihre Stimme. Sie sprach zwar niederländisch, doch ich hatte im Laufe der Zeit so einiges von dieser eigentümlichen Sprache aufgeschnappt. Um also nicht zu lauschen, begann ich mit dem Abwasch. Nach dem Film hatte sich ein leichter Kopfschmerz bei mir eingenistet. Ich spürte Mia um meine Beine streichen. »Na Du?«

Kurze Zeit später kam Asja zurück in die Küche und sah drein, als hätte sie eine Ohrfeige bekommen.

»Was ist?« Ich stellte das Wasser ab und hielt meine tropfenden Hände über das Waschbecken, während ich ihr dabei zusah, wie sie sich auf einen Stuhl sinken ließ.

»Mom liegt im Krankenhaus. Sie hatte einen Herzanfall – bei einer Probe in Amsterdam.«

»O mein Gott!« Ich wischte meine Hände an der Hose ab und setzte mich neben sie. »Geht es ihr gut?«

Miriam Donker war Schauspielerin und erhielt die meisten Aufträge aus den Niederlanden. Deshalb war sie oft tagelang verreist, und das für eine Bezahlung, die den beiden gerade so eine Lebensgrundlage zugestand. Asja hatte aufgegeben, ihr einzureden, einen ergiebigeren Job zu finden. »Kommt nicht infrage. Ich werd doch kirre, wenn ich irgendwo im Büro hocken muss.« Natürlich unterhielt sie mehrere Nebenjobs, aber nichts Festes, damit sie jeder Zeit alles für einen Theaterauftritt stehen- und liegenlassen konnte. Außerdem hatte Asja einmal angedeutet, dass Miriams Vorliebe fürs Theater auch etwas mit ihrer Gabe zu tun hatte.

»Sie ist stabil. Aber sie bleibt für weitere Untersuchungen in Amsterdam.« Sie starrte auf den Tisch.

»Hey, Deine Mutter ist tough. Die haut so schnell nichts um.« Asja rang sich ein Lächeln ab, was aber schnell wieder versiegte. Sie blickte aus dem Fenster. Es dämmerte.

»Ich muss eine rauchen. Ich halt das nicht aus.« Mit zusammengebissenen Zähnen nickte ich.

»Lass uns einen Spaziergang machen«, sagte ich, »den Abwasch erledigen wir später.« Mein Kopf pochte stetig. Ich brauchte etwas frische Luft.

»Weißt Du, ich wär jetzt gern bei ihr.« Wir schritten langsam durch die Dämmerung. Allmählich gewöhnte ich mich an den Qualm der Joints. »Sie ist ganz allein dort. Aber ich kann mir kein Zugticket leisten.«

»Es tut mir so leid, echt! Wenn meiner Mutter sowas passieren würde …« Ich verkniff mir, hinzuzufügen, dass mein Vater gegen jede körperliche Erkrankung immun war. Wie sehr wünschte ich diese Gabe jetzt Asjas Mutter, die sowieso schon so schwer zu kämpfen hatte.

»Ich liebe sie wirklich.«

»Ich weiß.« Fast schämte ich mich, ihr einen Selbstmord zugetraut zu haben. Sie würde ihre Mutter nie im Stich lassen. Asja war ihr Ein und Alles.

Und doch hatte ich in dieser Nacht diesen seltsamen Traum …

Es gab einen Fluss, der sich durch unsere Kleinstadt zog. Zum Supermarkt kam man von unserer Seite aus nur über die Friedrich-Kleister- oder über eine kleinere Brücke, die nur eine Autospur besaß. Letztere war von uns aus fußläufig zu erreichen, und wir liebten die Brücke. Wir liebten es, am Geländer zu stehen und hinab in die Fluten oder empor in den Abendhimmel zu blicken, der die atemberaubendsten Muster und Färbungen annahm. Beo mochte besonders die Bäume auf beiden Ufern des Kanals, deren Blätter im Herbst scharlachrot wurden.

Himmel wie Blätter sind grau, und Asja lehnt sich gefährlich weit über die Brüstung. Ihre Mutter, abgezehrt und mit grauen Strähnen im dunklen Haar, blickt zu mir, todernst und mit ihrer Sorgenfalte zwischen den Augenbrauen.

›Wenn sie springt, is dat Deine Schuld‹, sagt sie mit dem niederländischen Akzent, der jetzt gar nichts Freundliches an sich hat.

Asja klettert auf das Geländer, steht jetzt freihändig darauf und wankt im Wind vor und zurück.

Dann ist Miriam auf einmal eine andere Frau. Eigentlich ein Mädchen, kaum älter als ich. Sie trägt rabenschwarzes Haar und ihr Blick ist stählern.

›Kim‹, sagt sie schneidend, ›Du musst ihr helfen. Sie braucht Dich. Lass Beo nicht Dein Urteilsvermögen trüben. Anastasia ist krank. Schwerkrank. Das weißt Du, auch wenn Du es nicht wahrhaben willst. Und wenn sie springt, ist es zu spät.‹

Ich blicke hoch zu Asja, die mit ausdruckslosem Gesicht hinabstarrt in den reißenden Strom, dessen Tosen so bösartig klingt wie ein Orkan.

›Sie ist krank.‹

Kapitel VII

EINE MEMBRAN SO FEIN WIE EIN LÄCHELN

Am nächsten Morgen war die Welt grau und klamm. Es hatte geregnet, und im Keller war es kalt. Asja lag nicht in ihrem Bett. Oben hörte ich Geklapper und Stühlescharren. Ich kuschelte mich in meine Decke auf der Matratze auf dem Boden und starrte durch das Fenster hinaus. Ich sah nichts als Grau.

Dann kam mir auf einmal eine Idee, und es durchfuhr mich wie ein Blitzschlag. Ich schlug die Decke zurück und stürmte barfuß, noch im Pyjama, die Kellertreppe hinauf. Asja saß am Küchentisch, klammerte sich an eine dampfende Tasse. Ihre Augen waren gerötet. »Ich hab Kaffee gemacht.«

»Asja, mir ist gerade eingefallen … Was, wenn mein Vater Dir ein Bahnticket kauft?« Sie blickte auf, mit großen Augen. »Das kann ich nicht annehmen. Außerdem ist Schule.«

»Dienstag ist der einunddreißigste Oktober. Wir haben vier Tage frei.« An diesem Tag wurde ein Fest begangen, das auf eine alte keltische Tradition zurückging: das Gabendankfest. An diesem Tag, so hatte man geglaubt, ist die Trennung zwischen Diesseits und Jenseits besonders schwach, und die Geister der Ahnen kommen hervor, um die Gaben der Menschen zu speisen, auf dass sie nicht vergehen. Daraus war der Brauch entstanden, all seinen Gabenpaten, Familienmitglieder eingeschlossen, einen Zweig eines Nadelbaumes zu schenken, dessen Immergrün den Wunsch symbolisierte, die Gabe des anderen möge nie verblassen.

Asja starrte in ihre Tasse, dann aus dem Fenster. Es traten wieder Tränen in ihre Augen.

»Kannst Du ihn anrufen und fragen?« Ich holte mein Handy aus dem Keller, setzte mich zu Asja an den Tisch und wählte.

»Hey, wie gehts Euch?« Ohne Umschweife erläuterte ich die Sachlage. Dann herrschte Stille auf der anderen Seite. Ich stellte auf Lautsprecher und wir warteten gespannt auf die Antwort. Schließlich sagte Dad: »Asja soll ihre Tasche packen. Wenn ich zuhause bin, buch ich ein Ticket hin und zurück auf unbestimmte Zeit.« Darauf brach Asja in Tränen aus.

Ihr Zug ging am Abend. Als wir am Bahnsteig standen, umgeben von Gestalten, die nicht sprachen noch lächelten, sagte Asja: »Dein Vater sollte zum Ritter geschlagen werden. Ich weiß, es wird auch Mom viel bedeuten. Sie ist schon lange angeschlagen. Vielleicht muss sie eine Weile dort bleiben.«

Mein Vater verdiente genug im Krankenhaus, um meine Mutter zu entlasten. Sie war noch zu schwach, um selbst eine Arbeit zu finden. Sie war seit Jahren zu schwach dafür, aber sie hoffte, dass es jetzt, nach der Chemotherapie, bergauf gehen würde. Sie machte nur hier und dort das ein oder andere Lektorat für Doktoranden oder schrieb Buchrezensionen. Sie konnte unheimlich schnell lesen, eine Seite in wenigen Sekunden. Die meiste Zeit brachte sie mit ihren Büchern zu.

Der Zug fuhr ein, und Asja schloss mich in die Arme.

»Viel Glück«, hauchte ich in ihr Haar. Sie drückte mich und stieg in den Zug.

»Pass auf Deine Mutter auf!« rief ich. »Und lass Bettina auf Dich aufpassen!« Sie winkte mit einem matten Lächeln, als sich die Türen schlossen und sich der Wagen allmählich in Bewegung setzte. Ich schaute ihr nach, bis der Zug in der Dunkelheit des Tunnels verschwunden war, und machte mich dann auf den Heimweg. Es nieselte, und als ich über die namenlose Brücke schritt, kam das seltsame Gefühl in mir auf, dass ich Asja so schnell nicht wiedersehen würde.

Jetzt war ich ganz allein. Allein saß ich in meinem Zimmer und starrte die Wand an, die unbeeindruckt zurückstarrte.

»Beo, bitte komm zurück. Ich bitte Dich!« Aber die Luft blieb durchsichtig.

»Er kommt nicht zurück.« Wieder meldete sich diese Stimme in meinem Kopf, die sich in letzter Zeit immer häufiger hatte verlauten lassen. »Er braucht eine Pause. Du brauchst eine Pause. Du kommst auch ohne ihn aus.«

»Aber er würde mir beistehen. Ich hab Angst um Asja. Um Asjas Mutter. Um meine Mutter.« Ich sprach in den leeren Raum hinein, so real klang die Stimme. Die gleiche Stimme, die im Traum gesagt hatte: ›Sie ist krank. Asja ist krank und Du weißt das.‹ Ich wusste es. Und nicht nur Asja. Die ganze Welt war gestört. Es gab keinen Menschen … kein einziger Mensch war wirklich vollkommen gesund, von den Sohlen bis zum Scheitel, vom Herzen bis zum Hirn. Auch mein Vater nicht, auch er hatte sein Päckchen zu tragen, und sei es noch so klein.

»Und so wird es immer sein, Kim, daran kannst Du nichts ändern. Mach Dich nicht verrückt. Du bist nicht verantwortlich für Asja. Und schon gar nicht für ihre Mutter. Du kannst auch den Krebs Deiner Mutter nicht vertreiben. Die wenigen, die es könnten, machen ihre Gabe unbezahlbar. Und was Beo angeht … Vielleicht hat auch er einfach sein Päckchen und muss sich jetzt ein wenig damit beschäftigen.« Ich runzelte die Stirn. Diese Stimme klang mit jedem Wort manifester. Als wäre jemand mit mir im Zimmer.

»Wer bist Du?« Sie kicherte. »Das wirst Du bald genug herausfinden.«

»Was soll das heißen?« Aber für den Rest des Abends schwieg sie still, und ich ging früh ins Bett, weil Kopfschmerzen mich heimsuchten.

In den meisten Ländern Europas wurde jedem Menschen, vom Staat bezahlt, ein Talentologe gestellt, den man standardmäßig zwanzigmal pro Jahr konsultieren konnte. Ein Fortschritt, der sich erst im neuen Jahrtausend eingestellt hatte.

Meine Kindertherapeutin hieß Heidrun und war eine großmütterliche Frau in vorzugsweise geblümten Blusen und ausgewaschenen Jeans.

»Du brauchst Dir keine Sorgen um Beo zu machen. Es ist üblich, dass während der synaptischen Neuverknüpfungen in der Pubertät längere Besuchspausen auftreten.« Ich nickte.

»Ich hatte mich mit ihm gestritten. Sie wissen, dass ich mich sonst nie mit ihm streite, höchstens ein kleines bisschen.«

»Worum ging es in dem Streit?«

»Um den Jungen, auf den Beo steht. Martyn.«

»Und Du findest ihn nicht interessant?«

»Nein. Er ... er hat mich angemacht und ich hab etwas harsch reagiert. Beo hat mir das übelgenommen.«

»Und Du hast die Befürchtung, dass er deshalb nicht zurückkommt?« Ich schaute auf den Boden. »Vielleicht. Ich meine, nach dem Streit ist er halt verschwunden. Bis heute.«

»Und wann war das?«

»Donnerstag.« Sie schaute von ihren Notizen auf. »Also, das ist wirklich nichts, worum Du Dir Gedanken machen brauchst. Wenn er zurückkommt, und das wird er früher oder später, wird er Dir sicherlich verziehen haben.«

»Und wann kommt er zurück? Ungefähr?«

»Naja, das lässt sich schwer sagen. Aber mehr als ein, zwei Wochen wird es sicher nicht dauern.« Ich schluckte.

»Meine Liebe«, sie lächelte ihr Oma-Lächeln, »solche Veränderungen sind immer beängstigend. Du hast bisher fast jeden Tag mit ihm verbracht. Aber Du weißt, dass die

Kindheit in der Regel die besuchsintensivste Zeit ist. Irgendwann wirst Du merken, dass Du Beo weniger brauchst. Und das wird gut sein.«

»Meinen Sie, er braucht eine Pause von mir?« Heidrun lachte und putzte ihre Brille am Blusensaum. »Ich glaube nicht, dass er eine Pause von Dir braucht in dem Sinne, in dem Du eine Pause von anderen Menschen brauchst, wenn Du zu viel Zeit mit ihnen verbringst. Aber ich glaube, Dir könnte die Auszeit von ihm ganz gut tun.« Ich nickte resigniert und stand auf.

»Gibt es noch etwas, das Du loswerden willst, meine Liebe?« Ich musste an die Stimme denken. ›Das wirst Du bald genug herausfinden‹, hatte sie gesagt. Aber aus irgendeinem Grund behielt ich sie für mich. »Nein, nichts. Danke für das Gespräch.« Heidrun strahlte. »Kein Problem, meine Liebe. Machs gut.«

Ich verließ ihre Therapiewohnung im dritten Stock eines Altbaus diesseits des Flusses. Als ich auf den Bürgersteig trat, sah ich Martyn auf der anderen Straßenseite, zusammen mit Jessica aus der Elften. Sie hielten Händchen. Ich war sauer, dass mir der Anblick einen Stich versetzte. Zumal ich Jessica echt leiden konnte. Weiter die Hauptstraße runter herrschte reges Treiben auf dem Kapellplatz.

Ich verbarg mein Gesicht so gut es ging unter der Mütze und eilte in die entgegengesetzte Richtung davon.

Kapitel VIII
DIE BANDE DER REALITÄT

Um den einunddreißigsten Oktober kamen jedes Jahr eine Handvoll Attraktionen in die Stadt. Am Sonntag hatte es eine Aufführung irgendeines Akrobaten gegeben, der auf dem Kapellplatz ein Netz aus Seilen in der Luft aufgespannt hatte, befestigt an den Häusern, und mit atemberaubender Agilität die unglaublichsten Kunststücke vorgeführt hatte, ohne innerhalb einer Stunde auch nur einmal den Boden zu berühren. Ich hatte ihn von Weitem gesehen, als ich aus Heidruns Praxis gekommen war, aber mein Kopf war zu voll von anderen Dingen gewesen, um mich zu der Masse zu gesellen, die sich um das Spektakel angesammelt hatte. Für heute, es war Montag, hatten wir Karten für das Konzert von Markus Knepel, der sich ›Der Musikantenknochen‹ nannte. Seine Gabe der Telekinese hatte er auf originellste Weise genutzt, um sich selbst die Kunst des Ein-Mann-Orchesters beizubringen. Er bespielte acht Violinen, zwei Celli, Percussion, eine Reihe Querflöten, ein Horn und einen Flügel, ohne auch nur ein Instrument berühren zu müssen. Höhepunkt der Vorstellung war ein Fragment aus Mozarts Requiem, bei dem er das Echo seiner eigenen Stimme auf die ein oder andere Weise telekinetisch vervielfachte und so einen ganzen Chor beschwor. Doch Kopfschmerzen setzten mir zu, wie schon die vorherigen Tage. Früher war ich nicht so anfällig für Kopfschmerzen gewesen. Es musste mit den ›synaptischen Neuverknüpfungen in der Pubertät‹ zu tun haben, wie Heidrun es genannt hatte. Als wir nach dem Konzert nachhause kamen, musste ich mich hinlegen und schlief sofort ein. Wirr träumte ich von der Musik, von Asja und ihrem Zug und von dem schwarzhaarigen Mädchen, dessen Stimme ich hörte.

Ich erwachte erst am nächsten Morgen.

»Hey, Kim, geht es Dir besser?«

»Ich fühl mich gerädert. Wo ist der Kaffee?« Mom schenkte mir eine Tasse ein und betrachtete mich besorgt.

»Fühlst Du Dich fit für die Vorleserin heute?« Es war Dienstag, und meine Eltern hatten extra zwei Monate im Voraus Karten für ein Event gekauft, auf das meine Mutter schon brannte, seit sie erfahren hatte, dass es hypnotische Vorlesungen gab. Irene Sigmund, die nach Abdingen kam, kündigte ›eine Reise in die Welt der Buchstaben‹ an, ein vollkommenes Versinken in die Ideen des Autors und die Bilder, die sie mit ihrer Stimme beschwor.

»Ich möchte Dir das nicht verderben.«

Mein Vater kam in die Küche. Er war Frühaufsteher und kam gerade vom Joggen zurück.

»Hey«, sagte ich, »Du kannst Dir nicht vorstellen, wie nervig Kopfschmerzen sind.« Er öffnete den Kühlschrank. »Stimmt, kann ich nicht.« Er schloss ihn wieder und biss in eine Biotomate. Hätte man nicht um seine Omni-Immunität gewusst, hätte man denken können, seine Gabe wäre es, Tomaten zu essen, ohne zu spritzen.

»Ich geh duschen.« Und er verschwand im Bad.

»Das sind bestimmt die Hormone«, meinte Mom.

»Wie? Dass Dad beim Tomateessen nicht spritzt?« Wir mussten beide lachen.

»Ich meine die Kopfschmerzen.«

»Ja, sowas hat Heidrun auch erwähnt.« Ich trank den Rest Kaffee und stand auf.

Mom tippte auf ihrem Handy herum. »Warum erklärt einem eigentlich niemand, wie diese Dinger funktionieren?« Ich stellte die Butterschale auf den Tisch. Mein Schmunzeln entging ihr nicht.

Am Abend zogen wir nach dem Essen unsere Mäntel an und machten uns auf den Weg zur Stadtbibliothek jenseits des Flusses.

Die Lichter waren gedimmt und die Regale zur Seite geschoben. Stattdessen lagen um die hundert Yogamatten auf dem Holz, in der Mitte standen ein Schemel, eine Stehlampe und eine Wasserflasche.

Ich versuchte, das Pochen in meinen Schläfen zu ignorieren und setzte mich zwischen meine Eltern auf eine Matte. Die Schuhe hatten wir am Eingang ausziehen müssen.

Allmählich füllte sich der Raum. Schließlich waren alle Matten belegt. In ein paar Minuten fing es an, und wenn sich unterhalten wurde, dann gedämpft.

»Wie gehts dem Kopf?«, flüsterte Mom.

»Es fühlt sich an, als würde darin Squash gespielt. Aber es geht schon. Genießt den Abend.«

»Okay. Hoffentlich unterdrückt die Hypnose die Schmerzen.«

Dann gingen alle Lichter aus, nur die Stehlampe in der Mitte verbreitete noch warmes Licht. Alle im Raum verstummten. Atemlos lauschte ich, dann hörte ich Absätze auf Holz schlagen. Aus der Richtung des Schalters kam eine junge Frau mit hohen Wangenknochen und fliederfarbenem schulterlangem Haar, durch das sich dunkelrote Strähnen zogen. Irene setzte sich auf den Hocker, blickte sich lange um und sprach dann mit tenorer Stimme: »Guten Abend.« Es hatte etwas Beruhigendes, Einlullendes, wie sie das sagte.

»Bevor wir anfangen, bitte ich Sie, alle Geräte in einen Zustand zu bringen, in dem sie unser gemeinsames Erlebnis heute Abend nicht zu stören vermögen.« Eine kleinere Unruhe ging um, dann kehrte die Stille zurück.

»Nun bitte ich Sie, sich hinzulegen in einer Pose, bei der Sie sicher sein können, dass Sie nach zwei Stunden keine Schmerzen haben werden. Manche haben sich Kissen mitgebracht. Ich werde Sie in eine Trance versetzen, in der sich die meisten Muskelpartien entspannen, sodass Sie unweigerlich hinfallen würden, säßen Sie, während ich anfange. Nach zwei Stunden werde ich Sie aufwecken für eine kurze Pause, um anschließend fortzufahren.« Ich hatte das Gefühl, dass sie die Stille nicht vertrieb, während sie sprach, sonders dass sie mit ihrer Stimme gleichzeitig im Raum war, in perfekter Balance.

»Das Buch, das ich ausgewählt habe, wurde im neunzehnten Jahrhundert von einem Briten geschrieben, der die Gabe besaß, sich in jede Welt seiner Vorstellungskraft zu begeben. Voll und ganz, mit Haut und Haar und Schuhen. Er war nicht nur Schriftsteller und Dichter, sondern unterrichtete auch Mathematik und verfasste mehrere wissenschaftliche Abhandlungen. Sein Name war Charles Lutwidge Dodgson. Heute ist er allerdings hauptsächlich für das Kinderbuch bekannt, das ich dabeihabe, und unter dem Namen Lewis Caroll.« Auf diese Enthüllung hin schwoll reges Gemurmel an, das verebbte, als Irene mit einem Schmunzeln sagte: »Sie haben es sicher bereits erraten. Ich habe mich, nach langer Kontemplation, für ›Alice im Wunderland‹ entschieden, was mich schon in meiner Kindheit verzauberte.« Auch ich liebte dieses Buch. Doch das war nicht das einzig Erfreuliche: Ihre Stimme hatte auch lindernden Einfluss auf meinen Kopf. Ich rutschte es mir etwas auf der Matte gemütlich und schloss die Augen.

»Ich schlage vor, wir fangen an.« Sie räusperte sich, nahm einen Schluck Wasser und begann.

Ich hörte nicht ein Wort von dem, was im Buch stand. Kaum hatte sie nämlich zu lesen angefangen, verschwand die Bibliothek und ich war die junge Alice, die neben ihrer Schwester am Ufer eines plätschernden Baches saß. Es war unerträglich sommerlich und sie langweilte sich, denn ihre Schwester las nur in einem öden Buch, in dem es nicht einmal Bilder gab, und am Ufer gab es keine Gänseblümchen, die Alice hätte pflücken können – nur auf der Wiese dort drüben am Hügel. Doch bevor sie sich entschloss, aufzustehen, hoppelte das weiße Kaninchen vorbei und sie folgte ihm über Stock und Stein bis hinein ins legendäre Loch.

Ich selbst, Kimberley Penelope Bonx, war wie ausgeschaltet, nur das Echo eines Bewusstseins, das verschmolzen war mit Alices. Die Welt fühlte sich an wie eine Mischung aus Traum und Wirklichkeit. Ich dachte Alices Gedanken und sah, was sie sah, fühlte, was sie fühlte, doch nicht so scharf umrissen, wie ich es aus der Wachwelt kannte.

So durchlebte ich all die wunderlichen Begegnungen und sollte sie später noch gut in Erinnerung haben.

Doch gerade, als wir über den Rand des Pilzes lugten und die blaue Raupe entdeckten, kollabierte das Bild und ich schlug die Augen auf.

Einen Moment lag ich ganz still da, blickte zur schwarzen Decke empor und fragte mich, ob Irene womöglich jetzt die Pause einschob – dann barst mein Schädel.

Ich presste mir reflexartig die Handballen gegen die Augäpfel, sah grelle Lichtblitze und hatte Mühe, nicht zu stöhnen. Mein Magen drehte sich um.

Rasch stand ich auf, wankte ein wenig und manövrierte so leise wie menschenmöglich durch die komatösen Zuhörer. Bemerkte mich Irene? Es war mir gleich. Ich brauchte eine Toilette.

Das Licht im weiß gefliesten Raum explodierte in meinen Augen. Ich stürzte zum Waschbecken und erbrach mein Abendessen. Schlug mir eiskaltes Wasser ins Gesicht, übergab mich abermals und brach dann auf dem Boden zusammen.

Lange Zeit saß ich gegen die Wand gelehnt da, die Hände auf den Augen, und konnte nichts tun als ein Aufschreien zu unterdrücken. Nie in meinem Leben hatte ich vergleichbare Schmerzen gehabt. Es fühlte sich an, als müsste ich sterben, als wäre es ein Wunder, dass ich noch lebte. Fast stumm wimmerte ich, und jeder Gedanke, den ich hätte fassen können, war wirr und gehetzt.

Und dann, wie wenn ein Hagelsturm plötzlich versiegt, lösten sich die Schmerzen auf. Mein Kopf fühlte sich wie ausgestopft an. Kein Lüftchen war mehr übrig vom Orkan.

Langsam nahm ich die Handballen von den Augen. Und dass ich auf ein Paar weißer Sportschuhe blickte, verwunderte mich aus unerfindlichen Gründen genauso wenig, wie Alice das Kaninchen mit der Taschenuhr seltsam vorgekommen war.

Ich blickte auf. Ein Mädchen, kaum älter als ich, schaute zu mir herab. Mit stählernem Blick. Und rabenschwarzem Haar, das zu einem Pferdeschwanz zurückgebunden war. Sie trug Jeans und einen schwarzen Kapuzenpullover.

»Hallo, Kim«, sagte sie, »ich bin Yade.«

Kapitel IX

Nicht mehr zwischen Wahnsinn und mir

Ich brauchte eine Weile, um Worte zu finden. Geduldig beobachtete sie mich.

»Bist Du ... eine Begleiterin?« Sie inspizierte ihre Fingernägel. »Wenn Du es so nennen magst. Ich bin sozusagen Beos Schwester. Aber nenn mich bloß nicht Bonx, das ist ein lächerlicher Nachname. Einfach nur Yade.«

Ich realisierte, dass ich immer noch zu ihr aufblickte, und brachte mich in eine würdevollere Position, setzte mich halb aufs Waschbecken. Kurz wurde mir schwarz vor Augen.

»Aber ...« Ich schüttelte den Kopf, um meine Gedanken zu ordnen. »Aber wie ist das möglich? Das ist doch vollkommen unmöglich!« Etwas schnippisch lächelte sie.

»Offensichtlich nicht. Nur weil es keine dokumentierten Fälle von Ausprägungen einer Gabe gibt –«

»Aber was ist mit Beo? Er kommt doch wieder?«

»Jaja, der kommt auch irgendwann wieder. Aber mit seinem naiven Optimismus ist er gerade keine Hilfe in Sachen Asja noch Martyn. Ich bin hier, um Dein Leben auf die Reihe zu bekommen.« Ich starrte sie an.

»Warst Du schon immer da?« Yade runzelte die Stirn. Es sah aus wie bei einer Lehrerin, die ein Schüler gefragt hatte, ob es regnet, wenn Gott niest.

»Was ist ›da‹? Wenn Du mit ›da‹ meinst, ob ich mich bisher immer hinter Mülltonnen und Autos versteckt und Euch beobachtet habe, dann nein. Ich bin ein Teil Deines Bewusstseins, genau wie Beo. Somit existiere ich, seit Dein Bewusstsein existiert. Wenn ich mich recht entsinne also seit rund siebzehn Jahren. Dass ich mich aber von Deiner Persönlichkeit abgekapselt und ein Selbstbewusstsein entwickelt habe, das ist nicht sehr lange her. Und meine Manifestation ...

naja, Du warst ja dabei.« Ich drohte, wieder Kopfschmerzen zu bekommen.

»Und warum gerade jetzt? Warum heute?«

»Oh, ich dachte, der einunddreißigste Oktober wär doch ein passendes Datum ... Quatsch, ich hab mich einfach beeilt, um so schnell wie möglich anfangen zu können. Asja ist jetzt in den Niederlanden. Also haben wir etwas Zeit, um uns eine Strategie zu überlegen, wie wir die Wahrheit aus ihr herausbekommen.«

»Was für eine Wahrheit?« Yade verdrehte die Augen.

»Du kaufst ihr doch nicht wirklich ab, dass die Sache mit ihrem Herrn Onkel der einzige Grund für ihren Gemütszustand ist. Etwas noch viel Bedrohlicheres nagt an ihrer Seele, und es ist an uns, ihr diese schreckliche Bürde abzunehmen.«

»Woher willst Du das wissen?«

»Ich weiß es eben. Und Du weißt es auch. Du musst es Dir nur eingestehen.« Ich massierte meine Schläfen. »Und was nun?«

»Was nun? Du gehst nachhause, haust Dich aufs Ohr, und morgen früh gehst Du zu Asjas Haus, um in Ruhe mit mir reden zu können.«

»Aber ich habe Schule.«

»Du meine Güte!«

»Ich schwänz doch nicht einfach den Unterricht.« Sie verdrehte wieder die Augen. »Na schön, dann bist Du halt krank. Nach Deinem Kopfschmerzanfall ist das nicht einmal gelogen. Sorry übrigens dafür, ging nicht anders.« Ich war mir nicht sicher, ob ich ihr das verzieh. Sie fuhr fort: »Dann wartest Du, bis Friedrich im Krankenhaus und Ute bei ihrer Reha ist, und dann können wir reden.«

»Und warum muss das alles so geheim sein?«

»Überleg mal. Wenn jetzt herauskommt, dass Du irgendeinen abnormalen Anfall hattest und plötzlich zwei unsichtbare Begleiter rumspringen, wird Dein Leben sehr schnell sehr kompliziert. Das können wir aber jetzt nicht gebrauchen. Deshalb –«

»Und was, wenn ich einfach so tue, als wärst Du Beo?« Yades Gesichtsausdruck war reif, um in eine Galerie der Herablassung aufgenommen zu werden.

»Das«, sie schloss die Augen in stiller Empörung, »will ich nicht gehört haben.«

»Okay«, murmelte ich, »dann bleibt es eben geheim.«

»Top-secret. Nicht einmal Asja darf es erfahren. Fürs Erste.«

»Was, wieso nicht? Das macht die Sache doch unnötig kompliziert.«

»Ja, damit musst Du leben. Wir können es uns nicht leisten, dass es durchsickert.« Ich starrte auf meine Füße. Es behagte mir nicht, ein Geheimnis vor Asja zu haben, während ich selbst versuchte, hinter ihres zu kommen.

»Wärst Du eigentlich auch entstanden, wenn bei Asja alles in Ordnung wäre?«

»Pf, weiß der Geier, was wäre, wenn Vogelhäuschen. Und wenn ein Komet auf die Erde zurasen würde, vielleicht würde ich mich in eine Atombombe verwandeln und die Welt retten. Ich bin jetzt hier, und damit fangen wir einfach das Beste an. Bist Du dabei?« Ich sah zu ihr auf. Mit gehobenen Brauen wartete sie auf meine Antwort.

»Klar«, sagte ich widerwillig. »Aber wie komme ich jetzt hier raus? Ich glaube, noch so eine Hypnose würde mir nicht guttun. Aber der Haupteingang ist abgeschlossen worden, damit niemand hereinplatzt.« Yade schüttelte den Kopf.

»Jedes öffentliche Gebäude verfügt über einen deutlich markierten Notausgang.«

»Aber wenn meine Eltern aufwachen und ich nicht da bin?«

»Du denkst nicht gerne selber, kann das sein? Gütiger, das ist ja schlimmer als erwartet. Hast Du ein Handy, oder was?«

Mit glühenden Ohren holte ich es hervor und schrieb eine Nachricht an Dad. Mom hatte ihres zuhause gelassen.

»So, und jetzt nichts wie raus hier.« Yade folgte mir aus dem grell erleuchteten Badezimmer in die Dunkelheit. Nachdem ich die Tür geschlossen hatte, war es vollkommen finster. Meine Augen mussten sich erst anpassen, bevor ich auch nur einen Schritt tun konnte.

»Kommst Du?«, rief Yade. Ich zuckte zusammen, doch dann erinnerte ich mich, dass nur ich sie hören konnte.

»Ja, gleich«, flüsterte ich, »such Du schonmal nach dem Notausgang.« Ich tastete mich vorwärts. Am Ende der Nische konnte ich bereits den vagen Schimmer der Stehlampe ausmachen. Als ich um die Ecke bog, hörte ich auch die maskuline Stimme der Vorleserin. Ich schlich an den Träumenden vorbei, dorthin, wo Yade ungeduldig winkte, und ich konnte hören, was Irene vorlas, ohne in eine Trance zu fallen. Nur etwas dösig wurde mir. Gerade saßen Alice, die Haselmaus, der Schnapphase und der verrückte Hutmacher zum Fünf-Uhr-Tee bei Tisch. Kurz war ich versucht, mich wieder hinzulegen und mein Glück doch nochmal zu versuchen, aber Yade rief: »Du meine Güte, Du kennst das Buch in- und auswendig. Jetzt komm!« Also riss ich mich los und wir flohen hinaus in die Nacht.

»Ich nehme nicht an, dass Du Asja schon angerufen hast, seit sie in Amsterdam ist?«, fragte Yade scharf, gerade als wir über die Brücke liefen. Unter uns rauschte schwarz das Wasser.

»Nein.« Ich hatte mit Yade das Gefühl, strohdumm zu sein. »Dann schlage ich vor, dass Du das jetzt tust. Himmel, was würdest Du ohne mich eigentlich gebacken kriegen?« Endlich setzte ich mich zur Wehr: »Entschuldige bitte, aber nur, weil Du gewisse Vorstellungen davon hast, wie gewisse Dinge zu laufen haben, heißt das nicht, dass jeder diese Vorstellungen teilt!«

»Ja, und genau das ist das Problem. Danke für Deine Affirmation.« Darauf wusste ich nichts zu erwidern. Stattdessen zog ich mein Handy aus der Gesäßtasche und wählte Asjas Nummer.

»Kim?« Sie klang abgekämpft.

»Hei, Asja. Ich wollt mal wissen, wie's Dir geht. Und vor allem Miriam.« Ich hörte sie am Ende der Leitung seufzen.

»Mom gehts gut. Die Ärzte haben die meisten Ursachen für den Herzanfall ausgeschlossen und tippen auf Überarbeitung und Stress. Ich bin die restliche Woche in der Schule abgemeldet. Wir sehen uns wohl erst Montag wieder.«

»Okay, und wie geht es Dir? Ist alles klar? Steht Bettina Dir bei?«

»Jaah. Ich schlaf neben Moms Krankenbett im Stuhl. Mein Nacken tut ganz schön weh. Aber ansonsten ... Bettina meint, ich solle fragen, ob ich auch ein Bett bekommen kann ... Aber ich will Mom nicht alleinlassen.«

»Freut sie sich, dass Du sie besuchst?«

»Ja, sie ist wirklich dankbar, dass Ihr das ermöglicht habt. Es ist nur ...«

»Was?«

»Sie fühlt sich auch ein bisschen mies, weil sie nicht weiß, wie sie sich je revanchieren kann.«

»Ihr müsst nicht –«

»Ich weiß, dass wir nicht müssen. Aber so ist es, wenn man arm ist. Jeder finanzielle Gefallen hat diesen Beigeschmack. Es ist furchtbar, ich weiß, und ich bin da auch entspannter, aber Mom belastet sowas.« Ich schloss die Wohnungstür hinter mir. »Okay. Wenn was ist, ruf mich einfach an ... Morgen bin ich nicht in der Schule, hatte heute üble Kopfschmerzen ...«

»Alles okay?«

»Sie sind jetzt weg, aber trotzdem. Ich bin also den ganzen Tag erreichbar.«

»Super, danke.«

»Also bis dann.«

»Jo, bis dann.« Sie legte auf.

»Das war doch gar nicht mal so schlecht«, meinte Yade, als ich mein Handy zur Seite legte, um mir die Schuhe auszuziehen. »Nur warte das nächste Mal darauf, dass *sie* das Gespräch beendet. Immerhin fragst Du *sie* nach *ihrem* Wohlergehen, nicht umgekehrt.«

»Okay, Frau Knigge, jetzt hör mir mal zu. Es scheint ganz so, als wärst Du der Auffassung, mich irgendwie erziehen zu müssen.« Yade zog die Brauen hoch, doch ich ließ sie nicht zu Wort kommen. »Dem ist aber nicht so. Ich habe mir nicht ausgesucht, dass Du jetzt hier bist. Und auch wenn Du irgendwo ein Teil von mir bist, ist es einfach ätzend, wenn Du dauernd an mir herumkrittelst, und sei es noch so konstruktiv.«

»Du willst also nicht, dass ich einen besseren Menschen aus Dir mache?«, schaltete sich Yade dazwischen, mit schneidendem Sarkasmus. »Das ist schade, immerhin muss ich auch Dich aushalten.«

»Ich weiß nicht, wie Du darauf kommst, dass Deine Kommentare einen besseren Menschen aus mir machen, aber wenn Du es so nennst, dann: Nein, ich möchte nicht, dass Du das tust. Auf jeden Fall nicht so dermaßen impertinent. Habe ich mich klar ausgedrückt?« Sie nickte anerkennend. »Hey, da habe ich ja schon regelrecht Kampfgeist wachgekitzelt. Gibs mir!«

»Ich bin NICHT Dein Lehrling! Das kannst Du Dir gleich abschminken. Ich bin offen für Zusammenarbeit, aber ich möchte nicht das Gefühl haben, dass Du mir am Ende des Schuljahrs ein Zeugnis mit meinen Noten in Sittlichkeit, Pragmatik und Sachverstand ausstellst.« Ich war jetzt selbst ganz überrascht von mir.

Yade nickte langsam. »Einverstanden. Ich halt mich zurück. Auch wenn's mir in der Zunge zwickt.«

»Gut.« Etwas atemlos ließ ich mich auf die Bank im Flur sinken, und die Müdigkeit machte sich bemerkbar. Yades Manifestation war nicht nur für meinen Kopf ein Kraftakt gewesen.

»Ich glaub, ich geh ins Bett.«

»Tu das. Wir sprechen uns morgen.« Ich ging in mein Zimmer, und als ich mich umdrehte, war Yade verschwunden.

Kapitel X

WIE EIN MENSCH, WIE EIN TIER

Als ich am nächsten Morgen in die Küche kam, war es halb eins. Mom schaute auf.

»Na, ordentlich ausgeschlafen? Hast Du noch Kopfschmerzen?«

»Nee, aber ich fühl mich groggy. War es gestern noch schön? Wie Du es Dir vorgestellt hattest?« Sie legte das Buch zur Seite. »Viel besser. Ein Traum wurde wahr. Und ausgerechnet eins meiner Lieblingsbücher. Es tut mir so leid, dass Du fast nichts davon hattest.«

»Naja, ein Drittel hab ich immerhin durchgehalten.« Mom stand auf. »Hör mal, ich muss jetzt gleich los zur Reha. Du weißt, jeden Mittwoch von eins bis drei. Du sorgst gut für Dich. Machst einen Spaziergang, trinkst einen gemütlichen Tee ...«

»Jaja.« Sie nahm ihre Handtasche vom Stuhl und ging an mir vorbei in den Flur.

»Hat sich Asja eigentlich mal gemeldet? Wie gehts ihrer Mutter?«

»Naja, sie ist noch im Krankenhaus, und es ist nicht ganz klar, was los war, aber sie ist fast wieder auf den Beinen. Montag kommt Asja zurück.« Ich lehnte mich gegen den Türrahmen und beobachtete, wie sie ihre Schuhe durchging.

»Schön. Richte ihr Grüße von mir aus.« Sie band sich die Schnürsenkel und nahm ihren Mantel vom Haken. »Bis später.«

»Tschau.« Und sie verschwand durch die Tür.

»Eine reizende Frau, Deine Mutter.« Ich fuhr herum. Yade stand lässig in der Küche. »Du solltest ihr so eine hässliche Tasse kaufen mit dem Aufdruck ›Beste Mom des beobachtbaren Universums‹.« Ich musste lachen.

»So eine Tasse hab ich mal auf einem Schulbasar gekauft. Mom hat so getan, als würde sie sich riesig freuen, um sie dann eine Woche später auf die Fliesen der Küche fallen zu lassen. Natürlich ausversehen.«

»Mann, hast Du geheult. Ich glaub, Deine Mom hat es ein bisschen bereut.« Ich lachte. »Definitiv.«

»Weißt Du ...« Yade betrachtete nachdenklich die Tür. »Wunderst Du Dich nicht, warum sie sich so für Asja interessiert?«

»Nervig, was? Fast als wäre sie ihre Mutter, nicht meine.«

»Meinst Du nicht, dass es etwas mit Utes Krebs zu tun hat?« Ich runzelte die Stirn. »Keine Ahnung, was meinst Du damit?«

»Nun ... Immerhin sah es längere Zeit so aus, als hätte sie nur noch wenige Monate zu leben.« Ich erinnerte mich an meinen Schrecken, als sie uns von ihrer Diagnose erzählte. Es war Frühling gewesen, aber die Tage wurden hernach grau und kalt für mich. Jede Minute, die ich mit Mom verbrachte, fühlte sich an wie die letzte. Und die Angst ließ es mich nicht einmal genießen. Dann kam eine neue Form der Chemotherapie auf den Markt, und endlich gab es wieder Hoffnung.

»Asja erinnert sie sicher daran, wie fragil das Glück sein kann, und sie fühlt sich verantwortlich, es ihr zu geben, weil sie es Dir nicht geben konnte.« Ich schüttelte den Kopf. »Aber sie kennt Asja doch überhaupt nicht.«

»Na und?« Yade zuckte mit den Schultern. »Wo Schmerz ist, hat Verstand keinen Platz.«

»Aber –«

»Vergiss es. Am besten duschst Du jetzt und ziehst Dich an.« Ich verschränkte sie Arme.

»Du bist nicht meine Mutter. Das hatten wir doch schon.«

»Korrekt. Aber Deine Haare sehen schlimm aus. Du hast geschwitzt in der Nacht. Es wird Dir guttun. Und außerdem hab ich einen kleinen Ausflug mit Dir vor.«

Murrend ging ich ins Bad und verschloss die Tür. Ich wusste nicht, warum ich tat, was sie sagte. Wahrscheinlich gab ich ihr insgeheim Recht.

»Und beeil Dich ein bisschen. Wir haben nicht den ganzen Tag Zeit.« Ich fuhr herum und zog meine Schlafanzughose schnell wieder hoch. »Hast Du sie noch alle?«

»Du meine Güte, ich bin hetero.«

»Na und? Ich schmeiß Beo auch immer raus.«

»Jetzt komm wieder runter, okay? Ist ja schon gut.« Und sie löste sich auf.

Nach der Dusche wickelte ich mich ins Handtusch und ging in mein Zimmer, um mich anzuziehen. Yade saß auf dem Bett. »Alter, kannst Du Dich nicht einen Moment gedulden?«

»Dir ist klar, oder?«, meinte Yade, ohne auf mich einzugehen, »dass Asjas Katze seit drei Tagen weder Futter noch frische Streu bekommen hat?« Ich starrte sie einen Moment an, dann stürzte ich zum Kleiderschrank und vergaß meine Scham. Mein T-Shirt war auf links gedreht und ich hatte keinen BH angezogen, aber ich lief in den Flur, schlüpfte in die Schuhe ohne Schnürsenkel und zog mir eine Mütze über. Mein Haar war noch feucht.

»Worauf wartest Du? Das Tier ist wahrscheinlich schon tot!« Yade folgte mir seelenruhig aus dem Haus. Ich rannte die Straßen entlang, den Schlüssel für Asjas Haus fest umklammert.

»Warum hast Du das nicht schon früher gesagt? Was, wenn wir zu spät sind?«

»Es ist amüsant, wie schnell Du in Fahrt kommen kannst.« Ich stürzte auf die Veranda, zur Tür und rammte den Schlüssel ins Schloss. Im Flur stolperte ich fast über einen zerfetzten Sack. Das Katzenfutter war überall verteilt.

Mia kam aus dem Wohnzimmer in den Flur stolziert und maunzte vorwurfsvoll. Es stank nach Katzenexkrementen. Yade kauerte sich neben sie. »Gutes Tier, braves Kätzchen.«

Ich lehnte mich gegen die Tür. Ich hatte sie nicht umgebracht. Asja hatte das Tier in Sorge um ihre Mutter einfach vergessen. Den ganzen Sonntag über hatte Mia in Miriams Schlafzimmer gepennt.

»Sie hätte sterben können!« Yade schaute zu mir auf. »Und Du lässt mich erstmal duschen? Was hast Du mir gleich über Verantwortung erzählt?«

»Reg Dich ab, okay? So schnell verhungert eine Katze nicht, wenn sie etwas zu trinken hat. Und ich weiß, dass Mia den Wasserhahn in der Küche betätigen kann.«

»WAS?!« Ich stürzte in die Küche. Sie schwamm. Panisch drehte ich den Wasserhahn zu. »Scheiße! Und jetzt?« Ich wies auf die Überschwemmung.

»Jetzt«, meinte Yade, »brauchst Du jede Menge Handtücher.«

Als ich die Küche getrocknet hatte, was mindestens eine Stunde in Anspruch nahm, ging ich in den Keller, um mich auszuruhen.

»Du kannst von Glück reden, dass das Wasser nicht durch die Decke gedrungen ist.« Ich schaute hoch. »Sonst hättest Du jetzt echt ein Problem.« Ich antwortete nicht.

»Ey, bist Du jetzt etwa sauer auf mich, weil ich Dich an Mia erinnert habe? Das soll einer verstehen.«

»Hättest Du mir nicht schon am Montag einen Hinweis geben können? Du hast doch sowieso schon die ganze Zeit mit mir gesprochen …«

»Das wäre aber didaktisch nicht sehr wirkungsvoll gewesen. Und ich dachte, Du bist ein eigenständiges Mädchen, das keine Hilfe braucht?«

Ich blies die Backen auf und ließ dann die Luft entweichen. So etwas Dämliches hatte ich noch nie gehört.

»Kim, Du darfst Dich nicht auf Deine Begleiter verlassen. Du musst lernen, selbstständig zu sein.« Ich verdrehte die Augen. »Ein kleiner Hinweis hätte Dich sicher nicht umgebracht.« Yade seufzte und setzte sich neben mich auf die Couch. Lange Zeit schwiegen wir.

»Du musst noch das Katzenfutter wegschmeißen und neues kaufen«, sagte Yade schließlich. Ich reagierte nicht und starrte auf Asjas DVD-Sammlung. »Und das Katzenklo säubern.«

»Hey, Asja hat den Film ›Die Gabe des Friedens‹, den wollte ich schon immer mal schauen.«

»Lenk nicht vom Thema ab.«

»Es ist ein japanischer Film.« Ich stand auf, nahm den Film heraus und las die Beschreibung: »›Herr Mushoku hat in der modernen Gesellschaft schwer damit zu kämpfen, keine Gabe zu besitzen. Er möchte schon alles aufgeben und seine Familie verlassen, als er Sensei Shiro begegnet, der ihn die Gabe des inneren Friedens lehrt. Nach der gleichnamigen Autobiographie von Mushoku Haru.‹«

»Klingt ganz toll. Machst Du jetzt den Dreck oben weg?« Ich seufzte, stellte die DVD zurück und ging nach oben, wo Mia bereits ungeduldig auf mich wartete.

»Tut mir leid, Du.« Sie blickte mich an, als wollte sie sagen: »Besser ist das, junge Dame.«

»Da liegt noch was«, meinte Yade und deutete in eine Ecke. »Vielen Dank«, schnappte ich und kehrte den letzten Rest Katzenfutter auf. Nachdem ich ihr Klo saubergemacht und ihr neue Streu gegeben hatte, sagte ich erschöpft: »So, und jetzt holen wir Dir noch Futter.«

Ich nahm es als ein gutes Zeichen, dass Asja sich den ganzen Tag nicht gemeldet hatte. Aber Adele aus meiner Klasse hatte mir pflichtbewusst mitgeteilt, was ich heute verpasst hatte und was ich nacharbeiten musste. Nach meinem Wohlbefinden erkundigte sie sich nicht. Außer Asja hatte ich nicht wirklich Freunde. Ich verstand mich mit den meisten Mädchen ganz gut, auch einige Jungs benahmen sich anständig …

Ich musste an Martyn denken. Mir kam etwas in den Sinn.

»Yade«, flüsterte ich; es war schon Abend und meine Eltern sahen fern, »hast Du eigentlich etwas damit zu tun, dass ich Martyn so in den Regen gestellt habe?« Sie blickte auf. Wir spielten Schach, und das erste Mal hatte ich das Gefühl, zu gewinnen. »Und wenn's so wäre? Stehst Du etwa auch auf den?«

»Quatsch.« Ich konnte es nicht leiden, wie sie mit Gegenfragen und Kommentaren von sich ablenkte.

»Ich find den Typ unheimlich. Tut so, als würde er jeden kennen, markiert den Gutmenschen …«

»Manche sind halt so. Ich habe eigentlich kein Problem damit.«

»Dann frag ihn doch, ob er mit Dir geht.«

»Spinnst Du?« Ich merkte kaum, dass ich lauter wurde. »Du bist so …« Plötzlich klopfte es an der Tür und Mom schaute herein.

»Mit wem redest Du? Ist Beo zurück?« Meine Ohren wurden heiß und ich blickte hastig zu Yade, der es ebenfalls die Sprache verschlagen hatte.

»Äh … ja. Ich red mit Beo. Ist heute zurückgekommen. Das … hab ich beim Abendbrot vergessen, Euch zu sagen.«

»Du hast uns vergessen zu sagen, dass Dein bester Freund nach Tagen der Absenz zurückgekehrt ist, nachdem Du fast geweint hattest, weil er weg war?« Sie hob die Brauen. ›Jetzt weiß ich, von wem Yade das hat‹, dachte ich für mich. »Genau. Ich … war etwas neben der Spur … die Hormone …« Im Augenwinkel sah ich, wie Yade sich die Hand vor die Stirn schlug.

»Okay, aber es geht Dir schon gut, oder? Bleibst Du dabei, dass Du morgen wieder zur Schule gehst?«

»Jaja.«

»Alles klar. Ich schreib Dir dann für heute eine Entschuldigung.«

»Danke.« Ich wurde immer unruhiger.

»Gute Nacht, Kim.«

»Gute Nacht.« Endlich schloss sie die Tür wieder. Schweigen.

»Du hast es echt gebracht.« Yade schüttelte den Kopf.

»Was?«, fragte ich gereizt.

»Du hast mich für Beo ausgegeben.«

»Na und? Hast Du was gegen ihn?«

»Es ist nur so, dass ich ganz und gar nicht, nicht einmal ansatzweise, er bin. Das solltest Du vielleicht bemerkt haben.«

»Ja, hab ich mitgekriegt. Zum Beispiel ist er wesentlich freundlicher und geduldiger als Du.«

»Autsch.« Yade hob die Brauen. »Du wirst Dich schon an mich gewöhnen. Ich bin eigentlich voll der easy Zeitgenosse, Du musst es nur erstmal erkennen.«

»Oh, okay, gut dass Du es dazusagst, sonst hätte ich es nicht bemerkt.« Ich funkelte sie an; sie schaute lässig zurück. Ihr Mundwinkel zuckte.

»Was ist?« Sie begann zu lachen, und irgendwie hatte es etwas Befreiendes – als würde sich die Spannung zwischen uns auflösen. Schließlich lachten wir beide, und irgendwann japste Yade: »Hey, wer taut denn da auf?«

Kapitel XI

ICH BRÜLL WIE EIN STURM

Ich sah Martyn auf einer verlassenen Treppe sitzen und lesen. Mein Puls erhöhte sich. Kurzentschlossen setzte ich mich neben ihn.

»Oh, hey Kim! Bist Du wieder gesund?«

»Ja, bin wieder auf dem Damm.«

»Na los, gib ihm nen Küsschen«, feixte Yade. Martyn warf einen Blick zum Gedränge vor der Essensausgabe.

»Und wie gehts Dir so?« Mit gerunzelter Stirn wandte er sich wieder mir zu. »Klasse.« Er lächelte. »Nein, wirklich. Könnt nicht besser stehn.«

»Hey, ich hab Dich letztens mit Jessica zusammen gesehen.«

»Oh ja, wir haben uns wieder getrennt. War nichts Richtiges.« Mein Herz machte einen Satz. Aber er zog wieder die Stirn kraus und blickte auf seine Schuhe.

»Oh … und … bist Du jetzt also … egal.«

»Boah, frag ihn doch einfach nach nem Date. Man kann es doch zehn Meilen gegen den Wind riechen, dass Du auf ihn stehst.« Ich wurde rot. Martyn lächelte mich etwas verwirrt an. Dann fragte er unvermittelt: »Hast Du Lust, mal mit mir ins Café zu gehen? In der Jakobinenstraße? Ich zahle.« Mir war so heiß, dass ich meine Ärmel hochkrempelte. »Oh, äh, gern. Klar.« Er strahlte mich an. Verlegen grinste ich zurück.

»Dann zum Beispiel morgen? Nach der sechsten?«

»Jepp.« Ganz fremd klang meine Stimme.

»Super, hier ist meine Nummer, falls bei Dir etwas dazwischenkommt.« Er zog eine Karteikarte und einen Kugelschreiber aus der Brusttasche seines Anzugs und schrieb eine Nummer auf.

»Danke.« Mit wild klopfendem Herzen steckte ich das Ding ein und erhob mich wieder.

»Schöne Pause noch«, sagte er, lächelte mir zu und versank dann wieder in seinem Buch. Ich taumelte zur Essensschlange.

»Alter, wenn das mal nicht strange war. Der Typ ist so nett und aufmerksam, da kann nur ein falsches Spiel hinter stecken. So perfekte Jungs gibts nur in amerikanischen Teenagerromanzen.« Ich verdrehte die Augen, machte mir aber nicht die Mühe, mein Handy hervorzuholen, um ihr zu antworten. »Aber es hat Dich wirklich übel erwischt, gibs zu!«

»Halt die Klappe«, zischte ich.

»Bitte?« Ein Junge neben mir blickte mich irritiert an.

»Nicht Du.« Ich hielt entnervt mein Handy ans Ohr. »Vielleicht ist er auch einfach nur freundlich.«

»Wie gesagt: Das zu glauben, fällt mir schwer, dafür bin ich zu paranoid.«

»Naja, morgen werden wir es sehen …«

Als ich nach der Schule meine Nachrichten checkte, sah ich, dass Asja versucht hatte, mich über Videochat zu erreichen. Sowie ich mich um ihre Katze gekümmert hatte, würde ich sie zurückrufen. Ich versuchte, mir keine Sorgen zu machen, doch Yade hatte wohl meinen beschleunigten Schritt bemerkt, als sie meinte: »Es wird schon nichts passiert sein.« Aber ich wusste, dass auch sie dieses gewisse Gefühl hatte …

Mia begrüßte mich mit einem herablassenden Blick und trippelte mit erhobenem Schwanz in die Küche davon, als ich ihren Futternapf auffüllte. Mit der leeren Trinkschale folgte ich ihr in die Küche. Nachdem ich sie aufgefüllt hatte, ging ich nach unten. Mit schwitzenden Händen zog ich mein Handy hervor. Mein Herz klopfte.

»Jetzt hoffen wir mal, dass sie nur mal ›hallo‹ sagen wollte.« Ich aktivierte den Videochat. Asjas Silhouette erschien vor mir. Es war düster um sie herum. Aber als der

Handy-Bildschirm ihr Gesicht in geisterhaftes Licht tauchte, sah ich, dass sie geweint hatte.

»Hey, was ist passiert? Gehts Miriam gut?«

Asja schüttelte den Kopf, kämpfte offensichtlich mit den Tränen. Schließlich krächzte sie: »Gestern Abend hatte sie wieder einen Herzanfall. Ich war allein mit ihr im Zimmer. Ich schrie um Hilfe, aber als die Ärzte kamen, ertönte schon dieses durchgehende Piepen. Sie konnten nichts mehr tun.«

Ich hatte mir eine Hand vor den Mund geschlagen. Yade schaute in ihren Schoß. »Ist sie …?«

»Kim, meine Mutter ist tot.« Und der Tonfall, mit dem sie das sagte, diese abgekämpfte Gleichgültigkeit versetzte mir einen Schlag, viel schlimmer, als wenn sie geheult hätte. Mir kamen die Tränen.

»Oh, Asja. Es tut mir so –«

»Und das Schlimmste ist … Es ist meine Schuld.«

»Nein! Asja, sag sowas nicht!«

»Sie hatte es schon schwer genug mit ihrem Job, mit der Hypothek und den Schulden … Und dann musste sie sich auch noch Sorgen um mich machen.«

»Asja, Du kannst nichts dafür, tu Dir das nicht an.«

»Weißt Du, was das Letzte war, was sie zu mir sagte? Dass es ihr leidtat, dass sie so selten für mich da war.«

»Asja, bitte –«

»Aber es ist eigentlich andersherum: Ich war zu wenig für *sie* da. Sie hätte meine Unterstützung gebraucht, aber ich war zu sehr mit meiner albernen Depression beschäftigt. Hab mein Taschengeld für Drogen auf den Kopf gehauen … Ich war so sauer auf Mom, weil sie so stur auf ihren Beruf als Schauspielerin beharrte und wir deshalb nicht genug Geld hatten. Kim, ich war *sauer* auf sie!«

Mein ganzes Gesicht war nass von Tränen. Yade schüttelte langsam den Kopf.

»Asja, Du darfst Dir deswegen keine Vorwürfe machen. Das hilft doch niemandem weiter.«

»Ich hätte neben der Schule jobben können. Ich hätte ihr zeigen sollen, wie sehr ich sie liebe. Aber mein Groll gegen diese Welt hatte mich absorbiert.«

»Asja, Du hast schreckliche Sachen durchmachen müssen. Das würde jeden fertigmachen.«

Darauf schwieg sie. Schließlich sagte sie: »Und jetzt? Ich kann nirgends hin. Ich bin hier im bekackten Waisenhaus. Was soll ich jetzt tun?«

»Keine Ahnung. Uns wird schon was einfallen. Wir lassen Dich auf keinen Fall hängen.«

Langes Schweigen. Irgendwann hob Yade den Kopf. »Kim!« Ich schaute zu ihr. »Und was ist, wenn ... Ihr sie adoptiert?« Ich riss die Augen auf. »Das ist rechtlich kein Problem, immerhin bist Du ihre Gabenpatin.«

»Was ist?«, fragte Asja.

»Mir ist gerade ein Geistesblitz gekommen: Wir adoptieren Dich. Du wohnst bei uns, wir haben doch ein leeres Gästezimmer, und mein Dad verdient genug für uns alle, und außerdem hat meine Mom wegen ihrer Reha alle Zeit der Welt.« Jetzt war es an Asja, feuchte Augen zu bekommen. »Das ... Ich würde Euch zur Last fallen.«

»Ach, bitte. Ich red mit meinen Eltern, das ist überhaupt kein Problem. Sie mögen Dich beide sehr gern.«

»Ich war doch nur zweimal bei Euch.«

»Na und?« Meine Eltern wussten nicht um Asjas Gabe. Deshalb waren wir meistens zu ihr nachhause gegangen.

»O Kim, das wäre wirklich ... wunderschön.« Jetzt heulte sie richtig, und bei mir ging es auch wieder los. Irgendwann, als Asja sich wieder halbwegs beruhigt hatte, fragte sie: »Warum bist Du eigentlich in meinem Zimmer?« Das hatte ich schon vollkommen vergessen.

»Ich hab Deine Katze gefüttert.« Ich schniefte. »Dann hab ich gesehen, dass Du angerufen hattest.«

»Ach so.« Sie wischte sich mit dem Ärmel über die Wange, dann drehte sie sich kurz zur Tür. »Es gibt hier jetzt Abendessen.«

»Um halb fünf?«

»Ja, die Zeiten hier sind … eher für kleinere Kinder ausgelegt. Ich bin mit Abstand die Älteste hier.«

»Verstehe.«

»Also dann …« Seufzend stand sie vom Bett auf. Jetzt sah ich einen neuen Ausschnitt des Zimmers. Licht drang nur unter den zugezogenen Vorhängen herein. Vage Schemen einer Kommode und eines Stuhls ließen sich ausmachen.

»Ich red mit meinen Eltern«, wiederholte ich, »das wird schon alles. Ich wünschte, ich könnte Dich jetzt in den Arm nehmen. Aber Du hast ja wenigstens Bettina.«

»Danke für alles.«

»Ich ruf Dich morgen an.«

»Okay.«

»Halt durch.«

»Bye.« Ich lächelte schwach, sie legte auf.

»Puh«, machte ich und wischte mir das Gesicht ab.

»Auch das noch.« Yade starrte vor sich hin, als überlegte sie, was sie tun könnte, um Asja aus ihrem Abgrund zu ziehen.

Irgendwann fragte sie wie zusammenhangslos: »Was ist mit Martyn? Wenn Du Dich jetzt mit ihm triffst …«

Ich war schon dabei, seine Nummer zu wählen.

»Hallo?«

»Hey, Kim hier. Du, wegen morgen … Tut mir echt leid, aber es ist was wirklich … Wichtiges dazwischengekommen. Ich muss unsere Verabredung leider absagen.«

»Oh, okay. Kein Problem. Ist alles gut? Hast Du geweint?« Ich räusperte mich. »Willst Du's verschieben?«

»Okay, also dann nächste Woche?«

»Naja, es ist die nächsten Wochen jetzt eher ungünstig. Das ist hoffentlich okay für Dich.«

»Ist was mit Asja?«

»Was? Nein. Es geht Dich überhaupt nichts an, was los ist, hörst Du? Ich glaub, es ist doch keine so gute Idee, wenn wir uns treffen.«

»Tut mir leid. Ich war wieder zu neugierig. Du musst Dich natürlich nicht mit mir treffen. Lass es mich einfach wissen, wenn Du wieder Interesse hast.«

»Gut.« Ich legte auf.

»Du meine Güte«, meinte Yade, »irgendwie hab ich das Gefühl, dass der Typ mehr an Asja interessiert ist als an Dir.«

Kapitel XII

UND DOCH NICHT EIN EINZIGER LAUT

»Goedemorgen, dit is het Sint Ludwig Weeshuis in Amsterdam. Hoe kan ik u helpen?«

»Ähm …«, machte ich, »spreekt u Engels?«

»Ik spreche auch Deuts«, sagte die Frau mit diesem niederländischen Charme. »Wie kann ik Ihne helfe?« Mom nickte mir ermutigend zu.

»Es ist gestern ein Mädchen zu Ihnen gekommen … Anastasia Donker. Richtig?«

»Eine Moment.« Sie tippte wohl etwas in den Computer. »Ja, dat is richtig.«

»Also, ich bin ihre Gabenpatin und –«

»Entschuldigung?«

»Gabenpatin. Äh, gavepeter.«

»Oh, jaja. Bitte fahrt Sie fort.«

»Meine Mutter arbeitet zurzeit nicht, und wir haben genügend Platz in unserer Wohnung, um Asja aufzunehmen. Wir würden gern wissen, was nötig ist, um sie zu adoptieren?«

»Verstehe. Wel, Sie müsse ons eene Reihe van Dokumente nachweise, opdat we künne kontrollere, ob sich de Eltern eigne. Dat is eene spesielle Situátion, da Anastasia sehr alt is. Aber wenn Sie künt beweise, dat Sie ihre … Gabepate sein ond dat sich dat allet eignet, dauert dat nur een, zwei Woche.«

»Wow, super!« Mein Herz schlug höher. »Wir sind übers Wochenende in Amsterdam, für die Beerdigung ihrer Mutter. Da können wir alles Nötige mitbringen.«

»Prima. Wenn Sie mir noch Ihre E-Mail-Adresse gebe, kann ik Sie allet sage, wat Sie sollte dabeihabe.« Ich diktierte ihr Moms Adresse, verabschiedete mich und legte auf.

Als ich den beiden von den schrecklichen Umständen berichtet hatte, zögerten sie keine Sekunde, Yades Idee, Asja zu adoptieren, zuzustimmen. Dad bot sogar an, die Beerdigung zu arrangieren, was Asja unter Tränen annahm.

»Jetzt ist eingetreten, was Ute befürchtet hatte«, meinte Yade, als wir später allein in meinem Zimmer waren. »Anastasia hat ihre Mutter verloren, so wie es lange so aussah, als würdest Du Deine verlieren. Alles ging so plötzlich, damals zog es sich über Monate hin. Es ist ein anderer Schmerz, aber er ist genauso schrecklich abgrundtief ...« Ich seufzte. »Was können wir jetzt noch tun?«

Vögel zwitscherten am Samstagnachmittag, als wir am offenen Grab standen und hinab auf den schlichten Sarg blickten. Asja trug nur Jeans und einen grauen Rollkragenpullover, der ihre Unterarme verdeckte. Mom, Dad und ich waren in schwarze Mäntel gekleidet. Außer uns waren nur der Pastor und ein paar Schauspieler, Dramaturgen und Regisseure anwesend, die Miriam gekannt hatten. Außerdem drückte sich ein merkwürdiger Mann in Mantel herum, dessen Gesicht im Schatten seines Hutes lag.

Als der Pastor seine Ansprache beendet hatte, wandte er sich an Asja: »Wil je ook een paar woorden zeggen?« Sie trat näher ans Loch, der Blick starr auf den Holzdeckel gerichtet.

»Mom, ik hoop dat je me kunt vergeven.« Ihre Stimme war farblos wie der Himmel. »Ik hou van je, en ik weet dat je van mij houdt. Maar we hadden niet genoeg tijd, en nu ben je dood, en ik weet niet hoe ik het zonder jou zal redden. Maar ik geef niet op. Nooit.«

»Was hat sie gesagt?«, flüsterte Mom mir zu.

»Dass sie Miriam um Vergebung bittet. Sie liebt sie, aber sie hatten nicht genug Zeit. Und dass sie nie aufgibt.«

»Wofür denn um Vergebung?«

Yade zischte mir ins Ohr: »Seid jetzt leise, das gehört sich nicht bei einer Beerdigung.«

»Nicht jetzt, Mom.« Ich schaute wieder zu Asja hinüber. Ihre schmächtige Gestalt niedergedrückt von Lasten unsichtbar und unbekannt, doch zu gewaltig für eine so zarte Seele, für einen Schöngeist wie sie. Es hatte sie zerstört, das Leben hatte ihr die Freude, das Glück, das letzte Lachen ausgetrieben, unerbittlich. Und da war noch diese eine Last, eine dunkle Hand, die sie niederdrückte und wegschob von mir, vom Leben, vom Schönen, das früher das Größte für sie gewesen war. Und ich konnte nichts tun.

Wenn man das jemand Fremdem erzählt, einfach nur beschreibt, welche Dinge sie durchmacht und wie ihr Leben zerfällt und wie tief die Ringe unter ihren Augen sind, dann erwartet man Anteilnahme und Trost. Doch der andere weiß nichts, hat keine Ahnung, wie Asja sich fühlte – ich selbst könnte es mir nicht vorstellen, und ich durchlebte das alles an ihrer Seite, sah stumm die Tränen über die Wangen rinnen und das Kinn zittern. Sah den Gram in ihren Augen, wie grau ihre Haut wirkte und selbst ihr Haar, wie kaputt sie innen war und sich außen machte mit Drogen und Klingen und den Schuldgefühlen. Ein Mensch, der sich kasteite. Was hatte es auch für einen Sinn, zu kämpfen? Das Leben würde ihr ja sowieso das bisschen Glück, das sie zusammenklauben könnte, aus den Händen schlagen und sie blind am Boden kriechen lassen, es mit der Fußspitze immer ein Stück vor ihren suchenden Fingern herschiebend. Um über ihr Flehen und Betteln zu lachen.

Aber konnten wir sie nicht auffangen? Ich hatte so viel Liebe zu geben, so viel Mitgefühl. Alles würde ich ihr verzeihen, sie musste es mir nur anvertrauen. Jedes Geheimnis würde ich hüten wie ein hilfloses Kind, das sie in meine Obhut gab, und ich würde sie dafür lieben, für das Vertrauen.

Aber sie gab es mir nicht. Ich kämpfte darum, ich kämpfte und kämpfte, um nur die kleinste Intimität wiederherzustellen, die früher zwischen uns geherrscht hatte. Doch sie zerfiel wie eine Sandburg, kaum dass ich sie in Händen hielt.

Wir aßen in einem Lokal am Hafen zu Abend. Asja war in einer seltsamen Stimmung – ihr Leiden gepaart mit Rührung und Vorfreude.

»Ich bin so unsagbar dankbar für alles«, sagte sie, als unsere Bestellung entgegengenommen war. Hinter ihrem Rücken spiegelten sich die Lichter im schwarzen Wasser. Es duftete nach gebackenem Fisch.

»Meine Liebe, das ist doch alles ganz selbstverständlich.«

»Nein, ist es nicht. Ohne Sie hätte ich nicht bei meiner Mutter sein können, als … sie starb. Ohne Sie wüsste ich jetzt nicht, wohin. Ohne Euch«, schloss sie gedämpft, »hätte ich womöglich schon Schluss gemacht.«

»Oh, sag sowas nicht!«, flehte ich. »Du hängst doch viel zu sehr am Leben, um Dir etwas anzutun.«

»Naja, mal von Drogen und den Messerschnitten abgesehen«, warf Yade ein.

»An einem Leben, in dem alles in Brüche geht? In dem … In dem meine Mutter stirbt, einfach so … ohne dass ich mich von ihr verabschieden kann? In dem …« Sie seufzte.

»Aber Du wirst geliebt. Deine Mutter hat Dich geliebt. Ich liebe Dich …« Fast hätte ich angefügt, dass auch Bettina sie liebte. Wenn Asja erstmal bei uns wohnte, würde sie meine Eltern schon früher oder später in ihre Gabe einweihen. Welche Miriams gewesen war, hatte ich nie erfahren. Doch in nächster Zeit konnte ich Asja schlecht danach fragen.

»Ich werde so viel für Dich da sein, wie Du willst«, sagte Mom. »*Wenn* Du willst. Ich weiß, ich bin praktisch eine Fremde …«

»Danke, Frau Bonx, das weiß ich zu schätzen.«

»Ach, nenn mich Ute.«

»Und ich bin Friedrich«, fügte Dad hinzu.

»Hoi, ben jij niet Miriam's dochter?« Eine junge Frau blieb an unserem Tisch stehen. »Ik ben Evje, ze speelde Mary Stuart van Schiller met mij. Mijn diepste deelneming.«

»Ja, dankjewel.« Die Frau lächelte flüchtig in die Runde, bevor sie weiterging. Niedergeschlagen blickte Asja auf einen Fleck in der weißen Tischdecke.

»War sie bei der Beerdigung?«, fragte Mom.

»Ich denke schon. Keine Ahnung, ich hab nicht auf die anderen geachtet.«

»Natürlich nicht«, meinte Dad, »fremde Gesichter bei der intimsten Begehung eines Abschieds …« Seine Worte munterten Asja nicht unbedingt auf. Aber sie nickte. Müde.

Den Rest des Abends herrschte gedrückte Stimmung, und als wir ins Hotel zurückkehrten, ging Asja gleich zu Bett.

Wir hatten ihr noch ein weiteres Zimmer gemietet. Die Jugendschutzbeauftragte, mit der wir nach der Beerdigung geredet hatten, meinte, wir könnten sie für diese Nacht mit ins Hotel nehmen. Aber erst in einer Woche würde Asja aus dem Waisenhaus entlassen.

»Morgen fahren wir zurück«, erklärte Dad mit gedämpfter Stimme. Hinter den Fenstern war es schwarz und das Deckenlicht spiegelte sich im Glas. »Um spätestens zwei müssen wir aus dem Zimmer sein. Davor gehn wir mit Anastasia noch etwas frühstücken. Ich hab auf dem Weg ein schönes Café entdeckt …«

»Kommt sie dann mit dem Zug, wenn sie entlassen wird?«, fragte Mom.

»Ja, das hab ich mit ihr abgesprochen. Und wir müssen uns noch um das Haus kümmern. Aber das können wir auch später machen.« Ich musste an Mia denken. Über das Wochenende hatte ich ihr jede Menge Futter und Wasser hingestellt. Ich betete, dass es ihr genügte und sie nicht wieder das Haus überschwemmte.

Als ich später auf dem Ausziehsofa lag und an die Zimmerdecke starrte, auf die rechteckig Licht von der Straße fiel, ließ Yade sich verlauten: »Es wird eine schwere Zeit werden. Aber ich hatte Dich unterschätzt.« Ich drehte meinen Kopf.

»Du begegnest Asja mit großem Mitgefühl. Du tust so vieles aus Liebe, und nicht weil es Dir nützen würde. Asja kann sich wahrlich glücklich schätzen, Dich zu haben.«

»Danke, Yade.« Ich lächelte in die Dunkelheit hinein. »Gute Nacht.«

Kapitel XIII

FORT, FORT IN DIE FINSTERNIS, FORT!

Als wir Asja am nächsten Tag am Waisenhaus absetzten, schloss ich sie in die Arme. Sie sollte sich geborgen fühlen, immerhin musste es für eine Woche reichen. Sie legte einen Arm auf meinen Rücken. »Danke«, flüsterte sie in meine Schulter.

In dieser Woche geschahen drei Dinge.

Am Dienstag klingelte es an der Tür. »Guten Tag, ich bin der Jugendschutzbeauftragte aus Duisburg. Ich soll mir Ihre Wohnung anschauen.« Der Herr hatte nichts auszusetzen. Mom hatte den ganzen Montag damit zugebracht, Asjas Zimmer herzurichten.

Jeden Tag nach der Schule ging ich zu Asjas Haus, um die Katze zu füttern. Sie hatte Gott sei Dank nichts angestellt. Asja hatte gemeint, es habe keinen Sinn, sie jetzt schon zu uns zu holen; sie würde sich unser mit Kratzen und Beißen erwehren. Nur Asja vertraute sie genug. Dad hatte es geschafft, das Haus für Januar wieder auf den Markt zu bringen.

Am Mittwoch also, nachdem ich Futternapf und Wasserschale nachgefüllt, Yade mich daran erinnert hatte, mich auch um das Katzenklo zu kümmern, und ich mich im Wohnzimmer auf den Sessel hatte fallen lassen, geschah das zweite Ding.

»Hallo, Kim.« Ich fuhr zusammen und blickte mich um. Dort auf der Küchenanrichte saß Beo und lächelte so warm wie eh und je.

»Beo!« ich sprang auf. »Es tut mir leid, was ich gesagt habe, ich –«

»Schon gut.« Er winkte ab.

»Ich freu mich so, dass Du zurückbist.«

»Um der Wahrheit die Ehre zu erweisen ...« Yade trat hervor und bedachte Beo mit strengem Blick. »Ich habe Kim dazu gebracht, diesen Typ so abzuweisen.« Beos Gesichtszüge ließen sich davon nicht beeindrucken. »Hallo, Yade. Hast Du gut auf mein Mädchen aufgepasst?«

»Besser als Du, möchte ich meinen.« Ihre Jeans und ihr dunkler Kapuzenpullover standen in scharfem Kontrast zu Beos warmen Farben, seinem bunten Schal, seiner braunen Baskenmütze ...

»Das würde ich so nicht sagen, meine Teure. Anders. Du hast anders auf sie achtgegeben.« Yade schnaubte. Ich musste schmunzeln. Beos Art hatte mir gefehlt. »Wie dem auch sei, jetzt bin ich ja wieder da.« Er sprang von der Anrichte und rückte seinen Schal zurecht.

»Glaub ja nicht, dass ich deshalb die Fliege mache.« Sie verschränkte die Arme.

»Oh nein, meine gute Yade, bitte fühl Dich frei, zu bleiben.«

Also hatte ich jetzt zwei Begleiter. Das war so außergewöhnlich wie verwirrend, denn sie verhielten sich wie Katz und Hund.

Und es schwebte immer auch Asjas Verlust mit im Raum, wie ein dritter Geist. Asjas Schmerz, Asjas Glück, das seit jeher an seidenen Fäden hing. Und am Samstag in die Abgründe zu stürzen drohte ...

Das war der Tag, an dem sie zurückkam und bei uns einziehen sollte. Der Tag, an dem das dritte Ding geschah.

Sie kam gegen eins am Abdinger Hauptbahnhof an, wo wir sie abholten. Doch sie war nicht allein, und sie war lange nicht so optimistisch, wie sie es gestern noch am Telefon gewesen war. Ein Mann stieg mit ihr aus dem Zug.

»Guten Tag, ich bin Paul Amando, Anastasias Vater.« Mir klappte der Mund auf, Asja schaute zu Boden. Auch meine

Eltern schienen irritiert. »Leider können Sie meine Tochter nicht zu sich nehmen. Denn ich habe das Sorgerecht inne und bestehe darauf, sie zu mir und meinem Mann nach Mexiko zu nehmen.« Ich war sprachlos. Ohne Erfolg versuchte ich, Asjas Augen zu begegnen, um daraus zu lesen, was sie davon hielt. Doch ihre Körpersprache verriet genug.

Mom schaltete sich ein. Wir standen noch immer auf dem Bahnsteig, doch das schien sie nicht zu kümmern: »Das kann überhaupt nicht sein. Mir wurde gesagt, Sie hätten das Sorgerecht abgegeben, als Sie ihre Tochter verlassen haben – als sie *zehn* war.« Ich erinnerte mich daran, was Asja erzählt hatte. Sie sprach wirklich nicht gern über ihn. Doch von dem, was ich erfahren hatte, lernte er irgendwann einen Mexikaner kennen, der in Deutschland Urlaub machte, und fand heraus, dass er schwul war. Das war natürlich längst kein legitimer Grund, so radikal den Kontakt abzubrechen. Nicht einmal Geburtstagsgrüße hatte er ihr geschickt. Aber es war nun mal geschehen, und fortan mussten Miriam und Asja sich allein durchschlagen. Dass er nun, nach ihrem Tod, zurückkam, war eine Unverschämtheit sondergleichen.

»Es gab einen Fehler in der Verwaltung. Ich habe nie das Sorgerecht verloren.«

»Und das nutzen Sie jetzt schamlos aus?«, konterte ich.

»Sie haben Asja verletzt, sind aus ihrem Leben getreten, ohne auch nur Lebewohl zu sagen. Und da meinen Sie, dass sie gerne mit Ihnen kommt?«

»Du verstehst das nicht.« Er fuhr sich über die Halbglatze. »Ich habe es bereut. Ein Jahr nach meiner Hochzeit, da warst Du zwölf, meine Liebe«, er strich Asja durchs Haar, sie schlug angewidert seine Hand weg, »da habe ich angefangen, es zu bereuen. Ich sah ein, was für ein Chaos ich hinterlassen hatte. Ich hab mich verändert. Carlos, mein Mann, hat mich zu einem besseren Menschen gemacht!«

»Das war vor vier Jahren.« Ich hob die Brauen.

»Ich hatte versucht, Miriam zu erreichen, aber sie hatte ihre Telefonnummer geändert. Ich schickte Briefe, aber ich nehme an, sie hat sie verbrannt, ohne sie je gelesen zu haben. Denn sonst hätte sie gewusst, wie leid es mir tat … Dann war da Pieter, ein Freund der Familie seit der Studienzeit.« Paul und Miriam hatten sich in der Abdinger Universität kennengelernt. »Pieter blockte mich nicht ab, er hatte Verständnis.« Ich erinnerte mich an die dubiose Gestalt, die sich bei der Beerdigung herumgedrückt hatte. »Er meinte, er habe noch ein gutes Verhältnis zu Miriam, doch als er zu vermitteln versuchte, war dieses Verhältnis vorbei. Sie wollte wirklich nichts mehr mit mir zu tun haben.«

»Kein Wunder. Nach allem, was Ihr Bruder Asja angetan hat! Was Sie selbst ihr angetan haben!« Ich war so wütend, dass ich sogar davor nicht zurückschreckte, Asjas Onkel ins Kanonenrohr zu legen.

Bevor Paul antworten konnte, mischte Dad sich ein: »Das spielt ja letztendlich auch keine Rolle, Herr Amando. Wenn Anastasia nicht mit Ihnen kommen will, dann können Sie nichts machen. Ich nehme an, das hat sie Ihnen bereits im Zug deutlichgemacht.«

»Oh doch! Rechtlich gesehen kann sie überhaupt nichts dagegen tun, schließlich bin ich ihr Vater!«

»Aber wie kommen Sie auf die hirnrissige Idee«, rief ich, »damit irgendetwas wieder gutzumachen? Sie verschleppen Ihre Tochter gegen ihren Willen nach Mexiko? Hallo? Ich verstehs einfach nicht!«

»Sie weiß ja gar nicht, welches Leben sie dort erwartet. Carlos ist der liebenswürdigste und liebendste Mensch, den ich je kennengelernt habe. Das habe ich ihr alles erklärt. Und er liebt Katzen.«

»Oah, du Schwein!« Jetzt erhob Asja die Stimme und wandte sich ihm mit funkelnden Augen zu. »›Und er liebt Katzen.‹ Als würde das irgendeine Rolle spielen. Wenn dein Carlos dich wirklich so geläutert hat, würdest du jetzt nicht schon wieder versuchen, mir alles kaputtzumachen. Als du dich damals aus meinem Leben gerissen hattest, schnitt ich fein säuberlich, mit zitternden Fingern, alle zerfaserten Kanten ab. Du passt nicht mehr hinein, schon lange nicht mehr. Wenn du mich lieben würdest, dann würdest du mich in Ruhe lassen!«

»Asja –« Paul blickte immer unglücklicher drein. Sie sprach erbarmungslos weiter: »Aber du tust das für dich – du tust das, um deine riesigen Schuldgefühle nicht mehr ertragen zu müssen. Aber weißt du was? Ich glaube, diese Schuldgefühle tun dir ganz gut. Es ist verantwortungslos, das Verantwortungsloseste, jetzt, nach dem Tod der Frau, die dich geliebt hatte, herbeizukriechen und zu sagen: ›Ich bin Dein Vater. Komm mit mir auf die dunkle Seite, hier gibts Taccos. Taccos y nachos.‹ Du bist ein elender, ein schrecklicher Vater und ein miserabler Lügner. Wobei du ja nicht einmal gelogen hast. Oder hast du mir auch nur einmal gesagt, dass du mich liebst? Hast du mich je geliebt?« Er sah so elend aus, so zerrissen, doch ich hatte kein Mitleid, nicht das kleinste Quäntchen.

»Natürlich liebe ich Dich. Ich hab Dich immer geliebt. Deshalb bin ich doch hier. Ich will Dir ein Leben ermöglichen.«

»Ich habe ein Leben.« Sie spuckte die Worte förmlich in sein Gesicht. »Ich habe eine neue Familie, und solltest du mich zwingen, mit dir nach ›Mexico‹ zu kommen« – sie sprach jetzt ganz ruhig, mit eisiger Klarheit – »schneide ich mir die Pulsadern auf.«

»Asja! Was redest Du da?« Sie krempelte ihren linken Ärmel hoch. Ihr Vater stolperte zurück. Er sah aus, als müsste er sich übergeben. Auch meinen Eltern war nicht ganz wohl bei dem Anblick. Ich schaute geflissentlich auf meine Schuhspitzen. »Bleib mir vom Hals, sonst rutsche ich womöglich eines Tages mit der Klinge aus, und dann kannst du die Sauerei beseitigen.« Sie streifte den Ärmel wieder über den Arm.

»Kannst Du mir nicht vergeben?«

»Ha!« Asja warf ihren Kopf zurück. »Guter Mann, du gibst mir keinen Anlass dazu.« Ihr Vater senkte den Kopf.

»Na schön«, sagte er schließlich. »Ich werde das Sorgerecht abgeben und mich darum kümmern, dass es wie geplant auf die Eheleute Bonx übertragen wird. Du ziehst heute bei ihnen ein, und ich reise bald wieder ab.« Mom funkelte ihn an. »Und Sie werden uns in Ruhe lassen? Uns nicht besuchen kommen? Uns nicht schreiben?«

»Wenn es Anastasias Wille ist.«

»Es ist mein Wille. Und ich habe nicht vor, dir jemals zu verzeihen, also konzentrier dich lieber auf deinen sexy Carlos in ›Mexico‹.« Er nickte. »Darf ich Dich am Montag von der Schule abholen? Wir könnten in Dein Lieblingscafé –«

»Du meinst *dein* Lieblingscafé, das du uns ständig aufgenötigt hast? Nein danke. Von mir aus kannst du auch heute Abend schon den Abflug machen. Ich will dich nie wieder sehen.«

»Verstehe. Dann … darf ich Dich ein letztes Mal umarmen? Nur ganz kurz?«

Ich schaute zu Asja. Sie musterte ihn, als könnte er sich mit ihr zusammen nach Mexiko teleportieren, wenn er sie nur berührte.

»Ich sag ›stopp‹.« Er beugte sich zu ihr hinunter und schloss sie in eine zärtliche Umarmung. Sie presste ihre Arme fest an ihre Seiten.

»Stopp.« Er ließ sie los.

»Dann … leb wohl.« Er nahm seine Reisetasche auf. »Ich hoffe, Du wirst glücklich mit Deiner neuen Familie.« Dann ging er an uns vorbei und verließ ohne zurückzuschauen den Bahnhof.

»So ein Scheißkerl.« Asja starrte ihm hinterher.

»Er ist auch nur ein Mensch«, meinte Beo, »der seine Fehler macht und bereut. Und andere Menschen liebt. Und leidet.

Vielleicht war es ein bisschen hart, wie Ihr gegen ihn wart.«
Ich wusste nicht, ob ich ihm recht geben sollte. Aber vielleicht konnte Asja ihrem Vater eines Tages vergeben.

Kapitel XIV

BLUT RINNT HINAB MEINEN ARM

Asja im Nebenzimmer zu wissen, hätte mich beruhigen sollen, doch ich fühlte mich noch genauso hilflos wie zuvor, wenn sie sich einschloss und für Stunden nicht herauskam.

»Sie muss so vieles verarbeiten«, meinte Mom, die am Küchentisch saß, als ich mich zu ihr gesellte. Und es war mir nichts Neues, doch ich wusste, dass Asja nicht aufgehört hatte, sich zu ritzen. Der Tod ihrer Mutter musste ein schreckliches Loch in ihre Welt gerissen haben. Einen finsteren Abgrund, aus dem Hoffnungslosigkeit wie Dämpfe emporstieg. Vage konnte ich mir dieses Gefühl ausmalen. Dieses Gefühl, dass nichts mehr funktionierte, denn sie war tot. Dass keine Freude mehr erlaubt war, denn sie war tot. Dass es im Leben nie wieder einen Sinn geben würde, in einem Leben, das ihr nicht einmal eine Mutter zugestand. Nicht einmal eine Mutter ... Bei diesem Gedanken brannten Tränen heiß in meinen Augen. Bei der Erinnerung an meine Angst um Mom.

»Wir müssen etwas tun. Du musst ein Machtwort sprechen, Mom! Es ist nicht gesund, was sie da tut. Schaff einen Psychiater heran, lass sie einweisen –«

»Ich verstehe Dich, Kim.« Traurig blickte sie mir in die Augen. »Und mir ist auch nicht wohl bei dem Gedanken, was sie da in ihrem Zimmer womöglich tut. Aber sie trägt furchtbare Schmerzen in sich. Reue, Verlust, Angst ... Und ich glaube, sie wird sich uns eher öffnen, wenn wir sie so respektieren, wie sie ist.«

»Spinnst Du? So ›ist‹ sie doch nicht. Als ich sie kennenlernte, war sie eine Frohnatur. Sie ist krank, Mom, und das weißt Du.«

»Du kannst ja selbst versuchen, mit ihr zu reden. Ich jedenfalls mische mich da nicht ein.«

»Und ich dachte, Du wolltest ihr helfen! Ich dachte, nach all der Angst und dem Krebs hättest Du genügend Mitgefühl gelernt. Eine tolle Mutter bist Du.«

»Pass auf, Frollein. Erstens bin ich nicht ihre Mutter, und zweitens hat Anastasia alles Recht der Welt, ihren inneren Schmerz auf die Weise zu verarbeiten, die sie für richtig hält. Wir haben keine Ahnung, was sie durchmacht.« Ich war sprachlos. Das konnte sie doch nicht ernstmeinen.

»Mom, das ist doch keine Verarbeitung! Das ist Kompensation! Weißt Du, wie viele psychologische Fachartikel ich mir einverleibt habe?«

»Dann geh doch zu ihr. Ich kann Dich nicht aufhalten. Ich meine nur, dass *ich* mich nicht einmischen werde. Was Du tust, ist Dir selbst überlassen. Immerhin kennst Du sie um Welten besser als ich.« Finster starrte ich sie an, dann stand ich auf und ging zu Asjas Zimmertür.

»Asja?« Ich klopfte. Keine Antwort. Mom beobachtete mich durch die geöffnete Küchentür. »Asja, ich muss mit Dir reden.«

»Bitte, lass mich in Ruhe.«

»Kim, vielleicht hat Deine Mutter recht«, meinte Beo, der jetzt neben mir stand. »Vielleicht solltest Du Deine Kraft eher langfristig investieren, um ihr die Bürde abzunehmen, und nicht die Symptome bekämpfen.«

»Was für ein Unsinn«, meldete sich Yade auf meiner anderen Seite zu Wort. »Was, wenn sie wirklich einmal ausrutscht mit der Klinge? Was, wenn das Messer so verlockend ist ... die Möglichkeit, einfach Schluss zu machen ... Dann gibt es kein Geheimnis mehr.«

»Das glaube ich nicht. Sie ist nicht suizidal.«

»Und das weißt Du woher nochmal so genau?«

»Seid doch mal leise«, flehte ich. »Asja! Bitte, ich will nur reden.«

»Wir können später reden, okay? Aber jetzt lass mich in Ruhe.« Ich senkte den Kopf, warf einen hilfesuchenden Blick zur Küchentür, aber Mom war schon wieder in ihr Buch vertieft.

»Kim«, rief sie, »hilfst Du mir gleich und schälst die Kartoffeln?« Noch ein letzter Blick auf die verschlossene Tür, hinter der – ich wollte es mir gar nicht ausmalen – Asja mit schmerzverzerrtem Gesicht saß und sich kasteite für Dinge, die nicht ihre Schuld waren.

»Das ist nicht richtig«, sagte ich, als ich die Kartoffeln abbürstete.

»Soll ich etwa das ganze Essen selber kochen?«

»Nein, Du weißt, was ich meine.« Sie seufzte, legte das Messer, mit dem sie Paprika geschnitten hatte, beiseite und schaute mir in die Augen.

»Meine gute, gute Kim. Mit Deinem guten, guten Herzen.« Das sagte Mom öfter: dass ich ein gutes Herz hatte. Nie hatte ich wirklich verstanden, was das heißen sollte. »Ich kann doch nichts tun. Wenn Du sie nicht zur Vernunft bringen kannst, warum sollte ich es dann schaffen?«

»Keine Ahnung ... weil Du ... weil Du ... Kannst Du ihr nicht das Messer abnehmen? Oder Hausverbot erteilen, bis sie damit aufhört?«

»Das kann ich nicht. Wenn ich ihr das Messer wegnehme, besorgt sie sich ein anderes, und die andere Option ist hoffentlich nicht Dein Ernst. Und ich bin mir ehrlichgesagt noch nicht einmal sicher, ob sie sich, auf die Wahl gestellt, wirklich fürs Hierbleiben entscheiden würde.«

»Dann schleif sie zum Psychiater! Wir haben genug Geld.«

»Sie zwangstherapieren? Du weißt, dass das nichts bringt. Ich hab schon oft genug die Geschichte von meiner Magersucht erzählt. Asja muss von sich aus sagen, dass sie Hilfe will. Solange sie das nicht tut, verstößt es gegen meine Prinzipien, ihr Hilfe aufzunötigen.« Ich griff mit solcher

Vehemenz zum Kartoffelschäler, dass Yade zurückwich.

»Ruhig Blut!« – »Ach, halt die Klappe.«

»Entschuldige bitte?«

»Hab mit Beo gesprochen.«

»Das möchte ich Dir auch geraten haben.«

»Hör auf, mich für Beo auszugeben.«

»Was hätte ich denn sonst sagen sollen?« Ich begann, den Kartoffeln brutal die Haut abzuziehen.

Asja hatte mich angewiesen, in der Schule niemanden wissen zu lassen, was mit ihrer Mutter passiert war. »Ich kann es gar nicht gebrauchen, dass sich das rumspricht. Keine Ahnung, vor wem ich mehr Angst haben muss: vor denen, die mich deswegen aufziehen, oder vor denen, die mir ihr herzliches Beileid bekunden.« Ich musste lachen. Trotz allem, was ihr zugestoßen war, hatte sie sich doch ihren Humor bewahrt, auch wenn er deutlich düsterer war als früher.

»Ich meine das ernst«, sagte sie, »schlimm genug, dass es die Lehrer wissen müssen.« Ein Wechsel der Vormundschaft durfte natürlich nicht an ihnen vorbeigehen. Und die ließen es sich nicht nehmen, ihr klarzumachen, wie allertiefst ihr Mitgefühl war. Eines tiefer als das andere.

»Früher haben die mich nicht mit der linken Arschbacke angeschaut, und jetzt tun sie so, als wär keine Person auf diesem Planeten ihnen wichtiger und je wichtiger gewesen.«

Es gab zwei Lehrer, die eine Ausnahme bildeten:

Herr Graal war unfreundlich wie eh und je, und zwar konsequent zu jedem Schüler. Beo hatte einmal gesagt: »Herr Graal ist ein armer alter Mann. Einsam und verbittert. Das ist das Schreckliche an der Verbitterung: Sie lässt alles verwittern und erstickt jedes Glück im Keim.« Beo hatte mich gelehrt, Mitgefühl mit Herrn Graal zu empfinden. Erstaunlich war, dass ich damit die Einzige war, die von ihm halbwegs anständig behandelt wurde.

Und es gab Frau Daumbach. »Sie ist ein Engel«, meinte Beo. »Von natürlicher Schönheit, gütig und aufrichtig. Sie begegnet jedem mit dem gleichen großen Respekt, den sie auch sich selbst entgegenbringt.« Ich fand, Frau Daumbach war weise, auch wenn ich vielleicht nicht ganz erfasste, was das Wort bedeutete. Sie war so ein Mensch, bei dem man gar nicht anders konnte, als sich wohlzufühlen. Als Asja am Dienstag nach der Beerdigung mit mir zusammen in den Klassenraum kam, wechselte Frau Daumbach einen ernsten Blick mit ihr; ihre Pupillen sprangen zwischen Asjas Augen hin und her. Dann lächelte sie, und Asja erwiderte es zaghaft. Womöglich war es ihre Gabe, Menschen genau so zu begegnen, wie sie es gerade brauchten: Sei es mit Liebe, Humor, Ernsthaftigkeit, Verständnis, Distanziertheit oder Vertrautheit. Manchmal auch mit Strenge und Zurechtweisung, doch immer entfaltete es eine positive Wirkung.

Asja war nie jemand gewesen, der viel mit Klassenkameraden zu tun haben wollte. Sie verstand sich darauf, dies auch sehr deutlich zu machen. Mit schwarzen Sweatshirts und dunklem Eyeliner. Hinter ihrem Rücken wurde sie ›Emo‹ oder ›Gothic Girl‹ genannt, und das war ihr so lange gleichgültig, wie man es ihr nicht ins Gesicht sagte. Wahrscheinlich war ich die Einzige in der Schule, die Asjas weiche und humorvolle Seite kannte. Umso schlimmer das Zeichen, dass ich sie immer seltener zu Gesicht bekam.

»Sie lässt niemanden an sich heran, immer mehr«, meinte Beo. »Sie muss eine dunkle Mauer bauen um ihr Geheimnis, damit niemand je dahinterkommt. Aber sie selbst ist in diesen Mauern gefangen.«

»Und wir«, erwiderte Yade missmutig, »wir tun nichts, um ihr zu helfen. Sprich mit ihr, Kim. Du musst so lange auf sie eindringen, bis sie nachgibt und endlich diese Bürde teilt.« Ich schüttelte den Kopf. »Mom hat recht. Das würde unser Vertrauensverhältnis zerstören, unsere Freundschaft gefährden. Und wenn sie mich nicht mehr hat, hat sie niemanden mehr.«

»Vielleicht wartet sie ja nur darauf, dass Du sie fragst. Vielleicht braucht sie diesen Druck, diese Beharrlichkeit von Dir, um sich sicher zu sein, dass sie Dir wirklich wichtig ist. Woher willst Du wissen, dass es sie nicht viel mehr verletzt, dass Du einfach nachgegeben hast und sie nicht mehr darauf ansprichst? Dass sie nicht die Kraft verliert, weiterzumachen mit dem Leben, wenn sogar Du, ihre beste Freundin, aufgegeben hast?« Beo schaltete sich wieder ein: »Das ist viel zu offensiv. Das –«

»Nicht unbedingt.« Sie beide schauten mich an. Ich stand von meinem Schreibtischstuhl auf. »Ich glaube, ich weiß, wie ich es anstelle. Ich darf ihr auf keinen Fall das Gefühl geben, sie sei mir nicht mehr wichtig.« Ich schritt zur Tür. Beo und Yade wechselten einen Blick. »Vertraut Ihr mir?«

Kapitel XV

UND DIE BLITZE SO GRELL
UND DAS LEBEN SO SCHNELL

Es war Freitagnachmittag. Dad war mit Mom für eine Untersuchung ins Krankenhaus gefahren; Asjas Zimmertür war verschlossen.

»Asja?« Ich klopfte sacht an der Tür. »Können wir reden?« Sie ließ mich lange warten, bevor sie antwortete: »Die Tür ist offen.« Ich trat ein. Sie lag mit Straßenklamotten auf dem Bett und starrte die Decke an. Das einzige Licht kam durch die zugezogenen Vorhänge. Ich schloss die Tür hinter mir.

»Ist es okay, wenn ich mich setze?«, fragte ich und deutete auf ihren Arbeitsstuhl. Das heisere Geräusch, das aus ihrer Kehle drang, deutete ich als Ja. Ich zog den Stuhl heran und saß an ihrem Bett wie bei einer Kranken. Unverwandt schaute sie zur kahlen Decke empor. Ich spürte Yades und Beos gespannte Blicke auf mir.

»Weißt Du noch, wie wir uns einmal im Abdinger Wald verliefen? Wir hatten uns zu weit vorgewagt, und auf einmal erkannten wir nichts wieder. Alles sah gleich aus, und es gab tausend Wege, aber keiner war der richtige.« Ich machte eine Pause. Asja antwortete nicht. »Wir liefen und liefen, unsere Beine taten weh, wir hatten Durst, die Sonne ging schon unter. Ich fing an, Panik zu bekommen … aber Du warst ganz gelassen, hast mich an der Hand genommen, mir in die Augen geschaut und gesagt: ›Wenn wir sterben sollten, dann sterben wir zusammen.‹« Asja konnte ein belustigtes Schnauben nicht unterdrücken. »Das hat mir damals Mut gegeben. Du warst mein Fels in der Brandung, schon immer.«

»Irgendwann hat ein Förster uns hinausgeführt. Du warst ganz schön fertig.«

»Ja, aber ohne Dich hätte ich nicht so lange durchhalten können. ich hab nicht einmal geweint ... Was ich Dir eigentlich sagen wollte, ist ...« Asja drehte endlich ihren Kopf und schaute mich an. »... Du bist mir wichtig. Du bist mir genauso wichtig wie Beo oder meine Eltern.« Sie kratzte sich am Arm. »Ich will Dir nicht sagen, hör auf Dich zu ritzen oder hol Dir Hilfe. Ich habe erkannt, dass Du diese Entscheidungen selber treffen musst. Ich will Dich nur wissen lassen, dass Du nicht allein bist. Du hast ein Geheimnis, da bin ich mir sicher – ein dunkles, dunkles Geheimnis, das Dich fertigmacht. Egal, was es ist, wirklich ganz egal – ich steh Dir bei.«

Asja starrte wieder die Decke an. Mit zusammengekniffenen Lippen und glitzernden Augen.

»Ich mach mir Sorgen um Dich, Asja. Du bist irgendwie ... kaputt.« Ich biss mir auf die Lippe. Schlechte Wortwahl. »Ich meine, Du bist völlig fertig; das Geheimnis, diese Lügen ... Was ist passiert? Sag es mir.«

»Ich glaub, jetzt wirst Du zu offensiv«, meinte Beo, aber ich drang weiter auf sie ein: »Asja, es kann nicht nur die Sache mit Deinem Onkel sein ... Da ist etwas, das Du mir nicht, das Du niemandem sagst. Und mit jedem Tag, da es unausgesprochen bleibt, zerstört es Dich immer mehr.«

»Ich will, dass Du jetzt gehst.« Ihre Stimme war ganz heiser.

»Du kannst jetzt nicht aufgeben!«, rief Yade.

»Asja, bitte –«

»Raus.« Ich senkte den Kopf. Sie schaute mich nicht an, so als würde sie sich dafür schämen, mich rauszuschicken. So als würde sie mir viel lieber alles erzählen ... Doch was hielt sie zurück? Was konnte so schrecklich sein, dass nicht einmal ich es wissen durfte? Ob Bettina es wohl wusste?

»Jetzt geh endlich«, sagte sie schwach und schloss die Augen.

»Okay.« Ich schob den Stuhl zurück und öffnete die Tür. »Denk darüber nach, bitte!« Dann schloss ich die Tür hinter mir und ließ sie allein mit sich und ihrem Schmerz.

»Für meinen Geschmack hättest Du noch ein bisschen zaghafter vorgehen können«, meinte Yade verächtlich, als ich mir in der Küche ein Glas Wasser einschenkte. »Das nächste Mal bringst Du ihr am besten noch ein hübsches Sträußchen Vergissmeinnicht mit.«

»Yade, das ist nicht witzig.«

»Da stimme ich Dir absolut zu. Tatsächlich ist es so ernst, dass ich mich frage, wieso Du hier in der Küche gemütlich Dein Wasser trinkst, anstatt geradewegs in ihr Zimmer zu spazieren und zu verkünden: ›Ich geh hier nicht raus, bis Du mir gesagt hast, was verdammt nochmal nicht mit Dir stimmt!‹«

»Hast Du sie nicht gehört?« Ich knallte das leere Glas auf die Anrichte. »Sie hat gesagt, ich soll gehen. Klarer hätte sie sich wohl nicht ausdrücken können!«

»Oh, ganz im Gegenteil: Mit ›raus!‹ meinte sie nämlich ›Hilfe!‹ und mit ›ich will, dass Du jetzt gehst‹ wollte sie sagen: ›Wenn Du jetzt gehst, verzeih ich Dir das nie im Leben.‹ Hast Du nicht in ihr Gesicht gesehen? Wie es sie zerriss?«

»Natürlich habe ich das gesehen, aber was hätte ich denn Deiner Meinung nach tun sollen?«

»Du kannst nichts für sie tun, Kim«, sagte Beo ruhig. »Nur für sie da sein, ihr zeigen, dass sie Dir nicht egal ist.«

»Ja, und das tust Du nicht, indem Du sie einfach bei der nächstbesten Gelegenheit alleinlässt, als hättest Du nur darauf gehofft, dass sie Dich rausschmeißt, damit Du ihr Leiden nicht länger mitansehen musst.« Yade war außer sich. »Wie könnt Ihr beide nur so blind sein? Dieses Mädchen schreit doch mit jeder Zelle ihres Körpers nach Hilfe. Da sagt man nicht einfach ›okay‹ und schließt feinsäuberlich die Tür hinter sich. Da lässt man sie gründlich spüren, dass eine Freundin sich nicht so schnell rausschmeißen lässt.«

»Yade! Ich kann sie doch nicht dazu zwingen, mir irgendetwas anzuvertrauen. Das wäre das Schlimmste, was ich tun könnte. Sie hat sich doch jetzt schon genötigt gefühlt.«

»Oh doch, das kannst Du! Ich bin nicht umsonst in diese Welt getreten. Du gehst jetzt da rein, vergisst das alberne Angeklopfe bitteschön und lässt das Mädchen Rede und Antwort stehen.« Ich konnte nur froh sein, dass Yade nicht aus Fleisch und Blut war, sonst hätte sie es wohl kurzerhand selbst getan. »Sie hat Dich ja noch nicht einmal angeschrien, welcher Freund geht denn da einfach raus?« Ich funkelte sie an.

»Du hast mir nicht vorzuschreiben, wie ich mich als Freundin zu verhalten habe. Ich setze nicht unser Verhältnis aufs Spiel, nur weil Du Dich für eine Draufgängerin hältst.«

»Beo hat Dich total verweichlicht – Du würdest Asja wahrscheinlich auch einfach in den Fluss springen lassen, wenn sie Dich nur anweist, sie in Ruhe zu lassen.«

»Lass Beo gefälligst aus dem Spiel! Das war meine Entscheidung!«

»Du kannst nicht wissen, was das Beste für Anastasia wär«, sagte Beo ruhig, »genauso wenig wie wir. Kim geht nach ihrem Gefühl, und Du siehst doch auch, dass es ihr nicht leichtfällt.«

»Ich werde nicht aufhören, auf Dich einzureden, bis Du da reingehst und diese Sache ein- für allemal klärst. Es kann doch nicht angehen, dass Du sie einfach so im Stich lässt!«

»Ich lasse sie nicht im Stich.« Ich rieb meine Schläfen. Die Diskussion bereitete mir Kopfschmerzen. »Beo hat recht: Niemand von uns kann wissen, was das Beste für Anastasia ist. Sie weiß es ja nicht einmal selbst!« Yade erstarrte. Ihr Blick war auf etwas hinter mir gerichtet. »Was ist?«

»Kim? Mit wem redest Du?«

Ich wirbelte herum. Asja war aus ihrem Zimmer getreten und blinzelte gegen das grelle Küchenlicht.

»Ich rede mit … Beo.« Mir wurde heiß.

»Lüg mich nicht an. Ich hab gehört, dass Du gesagt hast ›Beo hat recht‹. Zu wem hast Du das gesagt?« Ich stammelte etwas, von dem ich mir nicht sicher war, ob es Worte waren.

»Du musst es ihr sagen«, meinte Beo. Hilfesuchend schaute ich zu Yade. Doch sie war in eine Schockstarre verfallen.

»Kim, mit wem hast Du geredet?«

»Ich … mit … mit …« Ich seufzte. »Ich rede mit Yade.« Wenn ich von ihr erwartete, mir ihr Geheimnis zu verraten, durfte ich sie darüber nicht belügen.

»Okay … und wer ist das?« Ich kaute auf meiner Unterlippe herum. »Kim, gibt es außer Beo noch einen unsichtbaren Begleiter?« Ich nickte. »Hör zu.« Und ich erzählte ihr die ganze Geschichte: Wie die Kopfschmerzen, die ich an unserem Filmabend gehabt hatte, immer schlimmer wurden, wie ich eine Stimme hörte, die mehr war als nur ein Gedanke, und wie ich mich schließlich bei der Trancevorlesung am einunddreißigsten Oktober übergeben musste und dann Yade aufgetaucht war.

»Und seitdem hast Du zwei Begleiter?« Ihre Stimme war tonlos. Ich konnte nicht deuten, was sie dachte.

»Ja.«

»Und erzählst mir nichts davon.«

»Ich weiß, das war scheiße, aber Yade meinte –«

»Und erwartest von mir, dass ich irgendein Geheimnis ausplaudere.«

»Asja, es tut mir leid. Aber das ist was Anderes. Du *leidest* unter Deinem Geheimnis. Yade wollte vorläufig nicht, dass ich irgendwem von ihr erzähle, da der ganze Trubel um ›zwei Begleiter‹ uns von Dir ablenken würde.« Sie schaute mich unverwandt an. Ihre Gesichtszüge unergründlich. »Asja, es tut mir leid, ich wollte es Dir wirklich erzählen, aber Yade –«

»Ist schon gut.« Sie wirkte unglaublich müde. »Du hast Deine Geheimnisse, ich habe meine. So läuft das anscheinend jetzt.« Das traf mich tief, tief in mein Herz. »Asja, ich – «

»Nein, schon gut. Ich erwarte nicht von Dir, ehrlich zu mir zu sein. Du unterstellst mir zwar, selbst Geheimnisse vor Dir zu haben – aber wenn ich Deine geheime Vertrautheit mit Yade zerstöre, tut es mir natürlich leid.« Ihre Stimme war ganz ausdruckslos, aber *was* sie sagte, gab mir das Gefühl, in ein bodenloses Loch zu stürzen.

»Asja, bitte –«

»Schlaf gut.« Sie wandte sich ab, schritt in ihr Zimmer und knallte die Tür hinter sich zu.

Betäubt stand ich da.

Alles lag in Trümmern.

»Es tut mir so leid.« Yade klang ganz anders als sonst. »Es ist meine Schuld. Ich habe es vermasselt. Ich hätte es Dich ihr sagen lassen sollen –«

»Nein, es ist meine Schuld.« Jetzt klang auch meine Stimme tonlos. »Ich war unvorsichtig. Ich hätte leiser reden sollen, wir hätten rausgehen sollen.«

»Das hätte aber nichts daran geändert, dass Du etwas vor ihr geheim hältst«, meinte Beo. »Jedes Geheimnis ist ein Stück Mauer, das zwischen Freunden steht. Je größer das Geheimnis, desto größer die Mauer. Jetzt ist die Lage noch aussichtsloser als zuvor.«

Ich ließ mich auf einen Küchenstuhl sinken und vergrub mein Gesicht in den Händen. Was hatte ich getan?

Kapitel XVI

Und nichts ist wie früher

Nun herrschte gedrückte Stimmung bei den Abendessen. Tagsüber ging Asja mir aus dem Weg und mied meinen Blick.

»Was ist los?«, fragte mich Mom. »Warum zeigt Dir Asja so die kalte Schulter?«

»Ach ...« Ich seufzte. »Ich habe mit ihr gesprochen. Ihr gesagt, dass sie mir sagen muss, was los ist ... Das hat irgendwie unser Verhältnis zerstört.« Wann erzählte ich meinen Eltern endlich von Yade? All diese Lügen.

»O Kim! Und Du hattest so gehofft, dass es was helfen würde. Aber verstehst Du jetzt, warum ich meinte, es würde nichts nützen, ihr etwas aufzunötigen? Nach meiner Erfahrung kannst Du jemandem nur helfen, wenn er auch Hilfe will.«

»Aber was, wenn sie von mir erwartet hat, mehr auf sie einzudringen? Wenn sie jetzt das Gefühl hat, dass sie mir nicht wichtig genug ist?«

»Mach Dich deshalb nicht fertig, Kim. Du kannst nicht wissen, was gewesen wäre, wenn. Jetzt musst Du ihr zeigen, dass es Dir leidtut.« Aber Asja gab mir keine Chance, ihr das zu zeigen. Obwohl sie in der Schule am Tisch direkt vor mir saß, schaffte sie es, jedem Kontakt mit mir zu entgehen. Fast provokativ stach sie vor meinen Augen mit einer Reißzwecke in die Kuppe ihres Zeigefingers und schrieb mit ihrem Blut ›Lügen‹ auf das Pult. Ihre Verachtung bereitete mir die bisher größten Sorgen. Wenn sie jetzt beschloss, sich umzubringen, könnte ich mir das nie verzeihen.

»Lass Dir doch von Martyn helfen«, schlug Beo vor. »Er schien irgendwie helfen zu wollen.«

»Tolle Idee«, schnaubte Yade, »Asja wird es super finden, wenn Du vor Martyn ihre Leidensgeschichte ausbreitest.«

Ich schaute hinüber. Er saß wieder auf den Treppenstufen, vertieft in sein Buch. Er hatte angeboten, mit mir ins Café zu gehen, und ich hatte ›ja‹ gesagt. Meine Wangen wurden heiß.

»Ich weiß nicht …« Genau in diesem Augenblick schaute Martyn auf, mir direkt in die Augen.

»Hi!«, sagte ich und ging auf ihn zu. Yade und Beo folgten mir. »Wie gehts?«

»Könnte nicht besser sein, und selbst?« Ich setzte mich neben ihn. »Geht so. Hör mal«, mein Herz klopfte wie wild, »steht … steht eigentlich Dein Angebot noch mit … dem Café?« Er strahlte mich an.

»Klar! Heute Nachmittag hab ich nichts vor. Ich lad Dich ein.«

»Das ist nicht –«

»Als Gentleman muss ich darauf bestehen.« Ich lachte verlegen. »Okay, abgemacht.« Als ich mich in die Schlange vor der Essensausgabe stellte, musste ich meine Ärmel hochkrempeln.

»Na, ist da jemand verliebt?«, lächelte Beo und schaute selbst über die Schulter zu Martyn hinüber. Ich nahm mein Handy heraus. »Er hat irgendwie etwas Besonderes. Er könnte Frau Daumbachs Sohn sein.«

»Stimmt«, meinte Beo, »er scheint einen einfach so zu nehmen, wie man ist.«

»Ich trau ihm immer noch nicht übern Weg«, warf Yade ein. »Womöglich manipuliert er Dich, um an Dich oder noch schlimmer Asja heranzukommen. Woher willst Du wissen, dass er Dich nicht hypnotisiert hat?«

»Ach, komm. Du bist einfach paranoid, das ist alles, was hier nicht stimmt. Gib ihm eine Chance.« Ich war an der Reihe und steckte mein Handy weg.

»Sei wachsam«, warnte Yade, als die Frau mit dem Haarnetz mir Kartoffelbrei auf den Teller schaufelte. »Du weißt, wie man sagt: Trau niemandem, dessen Gabe Du nicht kennst, und ich –«

»Danke, das reicht.« Yade verstummte. Die Frau gab einen Löffel Erbsen hinzu und goss eine braune Soße über die Komposition. Höflich bedankte ich mich, auch wenn mir nicht danach zumute war, und trug das Tablett in die Mensa. Asja warf mir einen Blick zu und ich setzte mich geflissentlich an einen anderen Tisch. Als ich gerade dabei war, mich auf den Geschmack des Mahls einzulassen, bemerkte ich, wie Nikolai aus unserer Klasse sein Tablett neben Asjas abstellte und sie wohl fragte, mit seinem unglaublich finnischen Akzent, ob er sich zu ihr setzen könne. Sie nickte.

Ich bemühte mich, nicht allzu auffällig zu sein, doch ich konnte nicht anders, als immer mal wieder einen Blick zu den beiden zu riskieren.

»Soll ich mal sehen, was die reden?«, meinte Yade. Mein Herz begann wieder zu klopfen. Das war alles andere als freundschaftlich, doch mir behagten die Blicke nicht, die Asja auf seine Hände warf. Kaum merklich nickte ich.

Yade ging hinüber und beugte sich zwischen die beiden. Sie hob die Brauen und wechselte einen vielsagenden Blick mit mir. Beo schüttelte den Kopf. »Also wirklich, dieses Weib! Hält mir einen Vortrag über Freundschaft und belauscht dann einfach Asja.« Ich nahm mein Handy heraus. »Sie will eben helfen. Sie kann nicht still sitzen und nichts tun, Du kennst sie, und wenn es was zwischen Asja und Nikolai Heikkinen gibt, sollten wir das wissen, meinst Du nicht?«

»Was geht uns das denn an?«

»Überleg mal. Wenn sie sich jetzt auf eine Beziehung einlässt, ist das sehr wahrscheinlich ein Kompensationsversuch für unsere Freundschaft. Und in einer Beziehung ist die Gefahr groß, verletzt zu werden.«

»Und woher willst Du wissen, dass ihr eine Beziehung nicht gerade guttun würde?«

»Hat sie etwa gezeigt, dass sie wüsste, was gut für sie ist?«

Es klingelte. Nikolai stand auf, sagte zum Abschied noch etwas zu Asja und brachte dann sein Tablett, das er kaum angerührt hatte, zum Wagen. Yade kam zurück.

»Und? Was haben sie gesagt?« Sie wirkte, als wüsste sie nicht, welche Emotion hier angemessen war. »Sie haben sich verabredet. Sie hat ihm alles erzählt, von Miriams Tod und davon, dass ihre beste Freundin sie belogen hat, und dann hat er gesagt, er sei für sie da, und irgendwie ist daraus eine Verabredung geworden. Bei ihm zuhause.« Ich starrte sie an.

»Und er hat extra betont, dass seine Eltern die ganze Woche auf Geschäftsreise in Finnland sind.« Ich konnte meinen Ohren nicht trauen.

»Das hast Du gerade erfunden«, stammelte ich. »Wie könnte sie sich so schnell jemandem öffnen?« Yade schüttelte den Kopf.

»Ich finde, Ihr übertreibt. Und wenn sie miteinander schlafen. Was soll schlecht daran sein?«

»Schlecht daran ist, mein guter Beo«, meinte Yade, »dass Nikolai Asja ausnutzt. Er bemerkt, dass sie nicht bei Kim sitzt, folgert, dass sie womöglich ganz allein ist, lässt seinen Charme spielen – und zack.« Sie schlug mit ihrer Faust in die Handfläche.

»Und woher willst Du wissen, dass er nicht einfach nett zu ihr ist?«

»Tja, das weiß ich, weil Nikolai Heikkinen nicht einfach ›nett‹ ist. Alle Mädchen stehen auf ihn, und er weiß das verteufelt gut. Du bist einfach viel zu unschuldig, Beo.«

Es klingelte zum Unterrichtsbeginn. Hastig sprang ich auf und brachte mein Tablett weg. Ich war die Einzige in der Mensa.

»Und ich finde, Du urteilst zu früh über andere«, erwiderte Beo ruhig. Wir liefen die verlassenen Korridore entlang. »So ist es auch mit Martyn, Du gibst ihm nicht einmal eine Chance.«

»Psst«, machte ich und öffnete die Klassentür. »Entschuldigung«, sagte ich zu Herrn Brate, der gerade etwas an die Tafel schrieb. Mit noch erhobener Kreide blickte er mich über den Rand seiner enormen Hornbrille hinweg an.

»Penelope.«

»Warum nennt er Dich eigentlich immer beim zweiten Vornamen?«, fragte Yade. Kaum merklich hob ich die Schultern.

»Kannst Du mir sagen, was Sartre in seinem Werk ›Le don et le néant‹, ›Die Gabe und das Nichts‹, ganz zu Anfang über die Bedeutung der Gabe im Existenzialismus schreibt?« Adeles Hand schoss in die Höhe.

»Äh …« Ich dachte an die Lektüre zurück. »Meint er nicht, dass sie das Einzige ist, was der Mensch von sich aus in die Welt bringt? Die Gabe stellt für ihn doch die einzige Limitation dar, die der Mensch nicht durch seine Umwelt auferlegt bekommt, sondern durch seine Natur. Er ist also nicht verantwortlich dafür, welches seine Gabe ist, aber natürlich sehr wohl dafür, was er damit tut.« Herr Brate nickte. »Sehr gut. Du darfst Dich setzen.« Ich nahm Platz und blickte mich um. Asja starrte auf die bekritzelte Tischplatte. Nikolai war in einem anderen Kurs.

»Nachdem wir nun Sartre in aller Ausführlichkeit besprochen haben, wenden wir uns einem der größten Philosophen des einundzwanzigsten Jahrhunderts zu, der sich in seinem umfassenden Werk mit der Frage nach der Bedeutung der Gabe für unsere Identität beschäftigt. Von wem spreche ich?« Asja war die Einzige, die sich nicht meldete; sie tat, als hätte sie ihn gar nicht gehört, und beschäftigte sich stattdessen mit einem Papierschnipsel.

»Erik Torgerson.«

»Genau. Der Norweger hat unter anderem bedeutende Beiträge zur Talentologie geleistet. Ein wichtiges Werk von ihm ist zweifellos ›Nestens gave‹, ›Die Gabe Deines Nächsten‹, worin er die sozial-psychologischen Auswirkungen der

Gabe auf die Gesellschaft und das Individuum beleuchtet und Phänomene wie Donismus, Gabenmissbrauch und -paranoia, Gabenhybris und -komplex, religiöse Gabenabstinenz oder Gabenneid auf innovativste Weise miteinander verknüpft und mit der Beschaffenheit der menschlichen Psyche in Verbindung bringt. Die ersten acht Kapitel sind in der zehnten Klasse Pflichtlektüre, auch wenn ich sie teilweise für viel zu anspruchsvoll halte. Da Ihr das Werk aber im Rahmen des Projektunterrichtes Gabenkunde lest und interpretiert, möchte ich mit Euch Torgersons Philosophie mit der Sartres, Kants und Platons vergleichen.« Er wandte sich wieder der Tafel zu, auf der bereits ›Torgerson‹ stand, wie eine Überschrift.»Nach allem, was Ihr schon über ihn wisst, was würdet Ihr sagen ist seine Position zur Gabe des Menschen? Ja, Maria?«

»Vielleicht, dass sie nur ein *Teil* unserer Identität ist und uns nicht, wie viele meinen, als Einziges ausmacht?«

»Ja, hervorragend.« Er schrieb an die Tafel. »Jakob?«

»Außerdem, dass jede Gabe zwar gleich viel wert ist, es aber auch darauf ankommt, sie angemessen zu verwenden.«

»Genau«, sagte Herr Brate, »er vergleicht die Gabe manchmal mit den Händen. Fast jeder Mensch besitzt zwei funktionierende Hände, manche grobschlächtiger, sie eignen sich besser für Bauarbeiten oder Sport, manche geschickter, die zum Beispiel in der Musik, Kunst oder Medizin besonders zur Geltung kommen. Aber jede Hand kann ein Messer halten, so wie man so gut wie jede Gabe auch missbrauchen kann.« Ich musste an Asjas Onkel denken. Er hätte mit seinen Fähigkeiten der Hypnose in die Verhaltens- oder Psychotherapie gehen können, stattdessen hatte er Asja dazu gebracht, stillzuhalten und nichts verlauten zu lassen.

»Das verknüpft Torgerson mit seinem Modell der Entwicklungsstufen und sagt aus, dass je reifer ein Mensch ist, desto mehr ist er dazu in der Lage, seine Gabe für die

Heilung, für das Schöne oder für die Entwicklung einzusetzen, da er immer mehr erkennt, welchen einzigartigen Beitrag er leisten kann, welches Potential in ihm steckt, wo seine Gabe am meisten bewirken kann. Das nennt Torgerson die ›Gabenintelligenz‹.« Er schrieb den Begriff an die Tafel. »Aber ein wichtiger Aspekt fehlt mir noch, vor allem in Bezug auf Donismus und Gabenneid. Penelope, bitte.« Ich räusperte mich und blickte zu Asja hinüber, die verloren auf ihrer Tischplatte lag.

»Torgerson meint, dass die Gabe ein wunderbarer Lehrmeister in Sachen Nächstenliebe sein kann. Denn sie ist jedermanns Geheimnis, und paradoxerweise verbindet uns genau das: dass jeder ein Geheimnis hat. Und da so gut wie niemand will, dass seine Gabe bloßgestellt wird, begegnet man der der anderen mit Respekt. Das ist ja sogar der erste Satz des deutschen Grundgesetzes: ›Die Gabe des Menschen ist unantastbar.‹«

»Sehr gut, Penelope. Torgerson betont, dass dem Menschen inhärent Solidarität innewohne und der Wunsch, sich sozial zu beteiligen. Die Gabe stellt in dieser Beziehung eine große Herausforderung dar, da sie, wenn nicht bekannt, als drohende Möglichkeit zwischen den Menschen steht. Das ist Gabenparanoia: die Angst, durch den Gegenüber zum Beispiel manipuliert oder ausspioniert zu werden. Diese Angst gibt es, seit es Menschen gibt. Doch das Potential auf der anderen Seite, wie Penelope es so schön auf den Punkt gebracht hat, liegt darin, dass *jeder* Mensch ein Geheimnis mit seiner Gabe hat. Und jedem ist es daran gelegen, es so zu halten. Das ist, jedenfalls nach Torgerson, ein Grundbaustein der Nächstenliebe.«

Als Drittes schrieb er ›Nächstenliebe versus Gabenparanoia‹ unter die beiden anderen Begriffe. »Phantastisch. Wir werden darauf zurückkommen. Jetzt möchte ich, dass Ihr die ersten drei Seiten im Kapitel ›Die Gabe als philosophische Frage‹ lest. Das ist eine gute Einleitung für unseren Vergleich zu den drei anderen Philosophen.« Und wir holten jeder unser Exemplar von ›Die Gabe Deines Nächsten‹ hervor.

Kapitel XVII

WER IST DIESER MENSCH?

Martyn saß an einem Tisch in einer Ecke des Cafés und schaute auf, als ich eintrat. »Hei!« Er winkte mich heran.

»Er ist so freundlich«, sagte Beo.

»Etwas zu freundlich«, erwiderte Yade. »Ich kann mir einfach nicht vorstellen, dass jemand immer freundlich ist, ohne Hintergedanken.« Ohne auf sie zu achten, setzte ich mich ihm gegenüber. »Wie gehts?« Ich strich mir eine Haarsträhne aus dem Gesicht.

»Kann mich nicht beklagen. Und selbst?«

»Auch nicht.«

»Wie geht es Asja?« Mein Herz sackte etwas ab.

»Seine Interessen scheinen den Deinen nicht entgegenzukommen«, kommentierte Yade.

»Ganz gut«, log ich und zog die Karte zu mir heran.

»Ich hab gesehen, wie sie mit Nikolai in den Bus gestiegen ist. Sie haben Händchen gehalten.« Ich blickte auf, bemühte mich um einen unbekümmerten Gesichtsausdruck. »Ja, die beiden scheinen jetzt zusammen zu sein.« Er nickte. Seine Mimik war unergründlich. Ich fragte mich, ob er eifersüchtig war oder sich ebenso um sie sorgte wie ich.

»Du machst Dir Sorgen.« Ganz ernst blickte er mir in die Augen.

»Und was geht ihn das an?«, maulte Yade. Aber ich ließ mich dazu hinreißen, wahrheitsgemäß zu antworten: »Was, wenn er sie nur ausnutzt? Er ist ein Aufreißer – wer weiß, ob er nicht –«

»Ich glaube, ich kann Dich beruhigen.«

»Was?« Er schaute auf seine verknoteten Finger. »Ich bin im Internet zufällig einmal auf einen Artikel über ihn gestoßen.«

»Über Nikolai?«

»Er ist ein gefeierter Komponist in Finnland. Ein Genie, zweifellos.«

»Wirklich? Aber was macht er dann in Deutschland?«

»Nun. Er ist bereits im Alter von fünf Jahren berühmt geworden. Man bezeichnet ihn da oben als finnischen Mozart.« Ich starrte ihn an. »Kim, ich habe mir seine Musik angehört, und ich kann mir nicht vorstellen, dass seine Gabe nichts damit zu tun hat.« Langsam begann ich zu nicken. »Du meinst, er kann kein Hypnotiseur oder was in der Art sein, wenn er schon Musikwunderkind ist?«

»Das heißt natürlich nicht, dass er Asjas emotionalen Zustand nicht trotzdem ausnutzt. Aber ich bin mir sicher, dass es wenigstens mit rechten Dingen zugeht.« Das erleichterte mich tatsächlich. Gabenmissbrauch war eine schwere Straftat – und unglaublich schwer zu fahnden. Ich hatte große Angst gehabt, dass Asja dem abermals zum Opfer fallen würde.

»Aber warum ist er nicht in Finnland und verdient sich dumm und dämlich mit seiner Musik?«

»Ich nehme an, seine Eltern wollten das eben vermeiden, solange er noch nicht volljährig ist, damit er eine gesunde Persönlichkeitsentwicklung durchlaufen kann und nicht schon so früh in eine Rolle gezwängt wird, die er vielleicht gar nicht will.«

»Also ist er sozusagen beurlaubt.« Martyn lachte. »Könnte man so sagen. Aber, Kim –« Diesen Moment wählte die Kellnerin, um sich zu uns zu gesellen. »Darf es schon etwas bei Euch sein?« Sie hatte ein Notizbuch gezückt und klickerte ungeduldig mit ihrem Kugelschreiber herum. Wir bestellten jeder eine Kleinigkeit und sie zockelte wieder davon.

»Wolltest Du mir gerade noch was sagen?«

»Ja.« Martyn blickte mir ernst in die Augen. »Ich will nur sichergehen, dass Du das jetzt nicht überall herumerzählst. Nicht dass ich Dir das zutrauen würde, aber … so gut kenne ich Dich ja noch nicht.«

»Natürlich nicht. Ich werde auch Asja nichts davon sagen.«

»Warum das denn nicht«, fragte Beo, »sollte sie das nicht wissen?«

»Es geht sie nicht wirklich etwas an«, erklärte ich wie an Martyn gewandt, »solange er es ihr nicht selber verrät. Einseitige Gabenpatenschaften sind nie eine gute Idee.« Martyn nickte. »Da hast Du recht. Wenn, dann sollten es in einer Beziehung beide voneinander wissen, und ich bezweifle, dass sie bereit wäre, ihm etwas über ihre Gabe zu verraten, dafür scheint mir die Beziehung doch zu oberflächlich.«

Die Kellnerin brachte die Getränke. Ich rührte verlegen in meinem Cappuccino herum. »Und eigentlich geht mich seine Gabe ja auch nicht wirklich etwas an.«

»Tut mir leid, wenn ich Dich damit in Verlegenheit gebracht habe.« Er schaute von seinem Tee auf, den er gerade aufgegossen hatte. »Ich dachte, es würde nur die Angst lösen, die Du um Asja hattest.«

»Jaja, das hat es auch … Es ist nur … Es fühlt sich seltsam an, die Gabe eines Fremden zu kennen.«

»Oh, verstehe.« Er runzelte die Stirn.

»Ist schon okay.« Ich nahm einen Schluck Kaffee.

»Ist Dir, liebe Kim, eigentlich schon aufgefallen«, sagte Yade, »dass er Dir noch keine einzige persönliche Frage gestellt hat? Mach Dir nichts vor: Es geht bei diesem Treffen nicht um Dich.« Doch als ich ihr schon im Stillen beipflichten wollte, sagte Martyn: »Aber, Du meine Güte, ich bin ja ein ganz furchtbarer Gentleman. Lad ich Dich ins Café ein und red erstmal eine halbe Stunde über Deine beste Freundin.« Ich spürte Röte in mein Gesicht steigen. »Ist schon gut –«

»Nein, es ist nicht gut.« Er sah mir wieder in die Augen, doch in seiner Ernsthaftigkeit lag etwas Schelmisches. »Also, jetzt ganz offiziell die Frage: Was machst Du so?«

»Na Mensch, gerade nochmal so die Kurve gekriegt«, kommentierte Yade. Ich verkniff mir ein Augenverdrehen.

»Also, da gibt es eigentlich nicht viel zu erzählen. Ich gehe gern spazieren … mit Asja oder alleine. Früher hab ich fast alles mit ihr zusammen gemacht, aber jetzt … Sie schottet sich irgendwie von mir ab. Sie hat es echt nicht leicht.«

»Verstehe.«

Yade stöhnte. »Jetzt redest Du schon wieder über Asja. Als wärst Du selbst nicht interessant genug.«

»Aber hast Du auch Hobbys?«, hakte er nach. »Sachen, die Du alleine machst?« Ich musste nachdenken. »Hm. Weißt Du, ich glaube manchmal, dass ich ein recht langweiliger Mensch bin. Ich hab nicht so wirklich große Interessen … naja, Psychologie vielleicht. Ich finde zum Beispiel Erik Torgersons Ideen ziemlich spannend.«

»Hey, ich auch.« Er strahlte.

»Warum bist Du dann nicht im Philosophiekurs?«

»Gute Frage. Irgendwie hatte Politik mich gereizt. Aber wenn ich jetzt wählen könnte … Du weißt, meine Noten sind nicht gerade die besten, aber ich glaub, in Philo würde ich ganz gut abschneiden.« Ich nickte. Irgendwie passte das zu ihm.

»Warum fasziniert Dich Psychologie denn so?«

»Naja. Vielleicht weil ich versuche, Asja zu helfen … keine Ahnung. Es ist ein so mysteriöses Fachgebiet … Das Gehirn ist das unerforschteste Phänomen des Menschen. Man kann Psychologie nur schwer von Philosophie trennen.«

»Und Du verstehst gerne, warum der Mensch tut, was er tut, und warum wir hier sind, und was der Sinn von allem ist …« Ich lachte. »Ja, vielleicht. Aber beschäftigt das nicht jeden irgendwie?«

»Hm. Manchmal hab ich das Gefühl, dass die meisten das Leben, diesen Kreislauf von Aufstehen, Essen, Schule und Arbeit, Essen und Schlafengehen einfach hinnehmen, ohne es zu hinterfragen. Das finde ich irgendwie ziemlich traurig.«

»Hm, ja. Kann sein. Vielleicht nehme ich es auch ein bisschen hin.« Er schüttelte den Kopf. »Ich glaube nicht. Du machst Dir darüber Gedanken, was mehr dahintersteckt. Du akzeptierst vielleicht diesen Alltag, aber irgendwie ist doch auch eine gewisse Profundität zu spüren, wenn man solche Überlegungen hat, meinst Du nicht?« Ich zuckte mit den Schultern. »Vielleicht, weiß nicht.« Seine Intensität machte mich etwas schwindelig.

»Stell Dir mal vor, Du hättest die Wahl zwischen der Gabe, nie mehr zu leiden und immer glücklich zu sein, und der Gabe, das Geheimnis um die Existenz zu enthüllen. Was würdest Du wählen?« Ich nahm einen Schluck Kaffee. Mein Hirn ratterte.

»Ähm, also ich weiß nicht …« Ich dachte nach. »Ich glaube, ich würde die Wahrheit um das Universum schon ganz gerne wissen wollen.« Wir lachten. Die Kellnerin brachte uns den Kuchen. »Vielen herzlichen Dank.« Martyn strahlte sie an. Irritiert blinzelte sie und lächelte knapp zurück.

»Was würdest *Du* wählen?« Er trennte ein Stück von seinem Mandelkuchen ab. »Keins von beiden. Zum einen glaube ich nicht, dass ein Leben ohne Schwierigkeiten und Leiden wirklich sinnvoll wäre, immerhin wächst man ja gerade an den Hindernissen. Zum anderen finde ich die Geheimnisse des Universums viel zu schön und erhaben. Selbst wenn mir die Gabe die Fähigkeit verleihen würde, all diese Wahrheit auch zu begreifen … Ich weiß nicht, ich stell mir das irgendwie glanzlos vor. Wozu dann noch weiterleben, wenn es sowieso nichts mehr gibt, was mich überraschen könnte?« Mit gerunzelter Stirn nickte ich.

»So viel habe ich darüber noch nicht nachgedacht«, gestand ich und stach mit der Gabel in mein Stück Tiramisu-Torte. Ich spürte seinen Blick auf mir und wurde wieder rot.

»Ich frage mich, ob Asja und Nikolai genau in diesem Augenblick gerade Sex haben«, sagte Yade unverhohlen.

»Hey, alles okay?«, fragte ich. Martyn hatte sich an seinem Tee verschluckt.

»Ja«, hustete er und musste lachen. »Zu doof zum Trinken.« Als er wieder Luft bekam, stellte er mir noch eine Frage: »Mich würde interessieren, was Du über Donismus denkst. Meinst Du, es gibt Gaben, die besser sind als andere, oder sind alle Gaben für Dich grundlegend gleichwertig, nur eben unterschiedlich?«

»Natürlich. So wie Torgerson sagt: Jede Gabe hat das Potential, die Welt weiterzubringen, man muss nur lernen, sie richtig einzusetzen.« Martyn nickte versonnen. »Und wie steht es mit Gabenlosigkeit?« Da musste ich überlegen.

»Das ist so ein schwieriges Thema, weißt Du? Natürlich ist der gabenlose Mensch nicht weniger wert als jeder andere Mensch, und er kann sicher auch die Welt auf seine Weise voranbringen, aber … er hat halt eine Einschränkung, sein Leben lang.« Er nickte. »Aber findest Du, gabenlose Menschen haben weniger ›Charakter‹ als andere? Manche halten die Gabe ja für das Kernstück der menschlichen Identität. Wie siehst Du das?«

»Hm.« Ich nahm einen Happen von meinem Kuchen, um nachzudenken, etwas verlegen, dass er so viel Interesse an meinen Sichtweisen hatte.

»Ich seh das ein bisschen wie Torgerson, um ehrlich zu sein.«

»Ist da jemand Fan?« Martyn lachte.

»Naja.« Mir wurde heiß. »Ich finde seine Einsichten halt sehr einleuchtend und bereichernd. Er meint, dass die Gabe nur einen Teil unserer Identität ausmacht, dass noch viel mehr Aspekte eine Rolle spielen, unabhängig von der Gabe. Das wär ja auch ziemlich bescheuert, wenn ich eigentlich nur eine Marionette meiner Gabe wär und sie mein ganzes Leben bestimmen würde.«

»Also würdest Du einen Menschen nicht anders als alle anderen behandeln, wenn Du wüsstest, dass er gabenlos ist?«

»Nein, ich glaube nicht. Aber ich kenne niemanden ohne Gabe, warum stellst Du mir all diese Fragen?« Er lächelte.

»Einfach so. Aus Neugierde. Ich will Dich kennenlernen.« Verlegen stach ich in meinem Kuchen herum.

»Das kommt mir schon spanisch vor«, meinte Yade. Ich sah Martyn an, er lächelte. »Schmeckts?« Er deutete auf meinen Kuchen.

»Ja.« Insgeheim gab ich Yade recht. Einerseits wurde ich nicht so ganz schlau aus dem Jungen, andererseits mochte ich ihn eigentlich ganz gut leiden. Er war so bedingungslos freundlich. Vielleicht hatte ich mich auch ein klein bisschen in ihn verknallt.

»Wie kommt es eigentlich, dass Du so nett zu allen bist?« Ich konnte mir die Frage nicht verkneifen.

»Hm.« Er schmunzelte. »Ich meine, warum nicht?«

»Naja, selbst zu den Arschlöchern bist Du irgendwie nett. Simon und so. Auch wenn sie das nicht unbedingt erwidern. Wie kommts?« Er zuckte mit den Schultern. »So bin ich eben. Für mich ist jeder Mensch einfach wunderbar. Wenn jemand nach außen feindselig handelt, ist er einfach tief verletzt und verdient ebenso viel Zuneigung und Verständnis wie jeder andere auch. Und braucht wahrscheinlich noch mehr.« Das erinnerte mich stark an Beos Philosophie.

»Okay, das leuchtet mir ein. Aber wie schaffst Du es, das auch durchzuhalten? Hast Du nie das Bedürfnis, auch mal zurückzumotzen?« Er gluckste.

»Nicht wirklich. Früher vielleicht manchmal, aber heute gehe ich den negativeren Zeitgenossen höchstens umsichtig aus dem Weg.« Das klang nicht danach, als hätte es etwas mit seiner Gabe zu tun. Außer sie hatte sich im Laufe der Zeit verstärkt.

Er hatte seinen Tee ausgetrunken und steckte sich gerade das letzte Stück Kuchen in den Mund. Er lächelte mir zu. »Willst Du noch was?« Auch ich war fast fertig. »Nein, danke.« Er winkte die Kellnerin heran. »Wir würden gerne zahlen. Zusammen.«

»Du musst nicht –«

»Das hatten wir doch schon.« Er zwinkerte mir zu. Und schon wieder musste ich rot anlaufen. Yade feixte. »Du meine Güte, was für ein Erzgentleman. Dich hat es ja wirklich schlimm erwischt.« Ich sah in Martyns schmunzelndes Gesicht. Er wandte sich zu mir um.

»Ich muss leider gleich los, sonst könnte ich noch einen Spaziergang mit Dir machen.«

»Schon okay.« Ich war mir nicht sicher, ob ich enttäuscht war oder erleichtert. Das Gespräch mit ihm hatte meinen Kopf gefordert wie das seit Langem nichts mehr getan hatte. Bei den Grübeleien um Asja drehte ich mich immer nur im Kreis.

Als ich mich allein auf den Heimweg machte, meldete Beo sich zu Wort: »Also, ich bin mir nicht sicher, ob er auf Dich steht wie Du auf ihn, aber – Du meine Güte, ich muss schon sagen – der Typ hats in sich.« Ich musste lachen. Ein vorübergehender Passant blickte irritiert. Yade ließ es sich aber nicht nehmen, mit ihrer Meinung dagegenzuhalten: »Also, wenn Ihr mich fragt, ist er nicht im Geringsten in Dich verschossen. Ich bin mir nicht einmal sicher, ob er Mädchen überhaupt so interessant findet.« Das versetzte mir einen kleinen Stich. Ich holte mein Handy hervor.

»Aber warum hat er mich sonst ins Café eingeladen?«

»Naja, vielleicht findet er Dich ja einfach nett und will gerne mit Dir befreundet sein. Ganz leger.« Yade zuckte mit den Schultern. »Ich würde mir jedenfalls keine gesteigerten Hoffnungen machen.«

Kapitel XVIII

FORT, FORT IN DIE SCHMERZEN

Heute war ein Tag des Schreckens. Als ich am Morgen aufstand, ahnte ich noch nichts davon …

Blinzelnd saß ich am Küchentisch und schmierte mir etwas zum Frühstück.

»Du solltest am Morgen nicht immer Honig aufs Brot nehmen«, meckerte Yade.

»Und Du solltest mich nicht dauernd zurechtweisen. Ich bin halt ein Süßschnabel.«

»Und dann der ganze Kaffee …« Ich verdrehte die Augen.

»Wo bleibt eigentlich Asja?«, ließ Beo sich verlauten.

»Bestimmt in ihrem Zimmer. Sie will ja sowieso nicht mehr mit mir zusammen, sondern lieber allein zur Schule laufen.«

»Schon, aber es ist schon zwanzig vor acht, und normalerweise ist sie da schon im Bad.« Ich runzelte die Stirn. »Meinst Du, ich sollte nach ihr sehen? Vielleicht hat sie vergessen, ihren Wecker zu stellen oder so.« Ich ließ den Kaffee stehen und ging zu ihrer Tür. »Asja?« Ich klopfte mit den Knöcheln dagegen. »Asja, alles in Ordnung?« Stille. Doch dann vernahm ich ein leises Stöhnen.

»Habt Ihr das gehört?« Ich presste mein Ohr gegen die Tür. Wieder stöhnte sie. »Asja?« Langsam öffnete ich die Tür. »Asja? Geht es Dir —« Ich starrte sie an. Mit schmerzverzerrtem Gesicht umkrallte sie ihren linken Arm. Sie schwitzte, und im Licht, das aus der Küche in ihr Zimmer fiel, meinte ich zu erkennen, dass sie leichenblass war.

»Asja!« Ich stürzte zu ihr. »Mom!« Ich zog ihren rechten Arm weg und den Ärmel hoch. »MOM! Etwas stimmt nicht mit Asja!« Der Arm war angeschwollen und schimmerte fleischig. Ich fühlte Asjas Stirn; sie glühte. »MOM!« Ich hörte ihre Schlafzimmertür schlagen.

»Das muss eine Entzündung sein«, meinte Yade, die sich über meine Schulter beugte. Mom kam ins Zimmer, band gerade ihren Morgenmantel zu. »Was ist?« Sie kniete sich neben mich. »Asja! Kannst Du mich hören?« Asja verzog das Gesicht.

»Es tut mir leid.« Der Schmerz trieb ihr Tränen in die Augen.

»Es ist entzündet, Mom. Wir müssen sie schnell ins Krankenhaus fahren!«

»Es ist alles meine Schuld«, stöhnte Asja. »Ich hätte aufhören sollen.«

»Jetzt ist nur wichtig, dass wir Dich wieder gesund kriegen.« Wir halfen ihr aufzustehen. »Wir schaffen Dich in mein Auto. Kannst Du laufen?« Sie biss die Zähne zusammen und nickte. »Dann komm!«

Unschlüssig folgte ich ihnen nach unten, nahm meine Schultasche mit. »Soll ich mitkommen?«

»Natürlich kommst Du mit«, sagte Yade. Mom war ihrer Meinung: »Denk nicht zu viel darüber nach. Steig ein, immerhin bist Du ihre Gabenpatin.«

Wir rauschten durch das verschlafene Abdingen. Auf dem Beifahrersitz klammerte sich Asja an ihren Arm. Sie war noch immer im Schlafanzug; Mom trug ihren Morgenmantel.

Ich musste die ganze Zeit daran denken, dass es im Endeffekt meine Schuld war. Ich hatte sie nicht von diesem schrecklichen Ritzen abbringen können, und jetzt hatten sich ihre Wunden entzündet, so wie sich ihre seelischen Wunden entzündet hatten.

»Es ist nicht Deine Schuld«, sagte Beo, als könnte er meine Gedanken lesen. »Du hast getan, was Du tun konntest. Asja wird überleben. Vielleicht wird sie auch mit der Selbstverletzung aufhören.« Ich schaute ihn an. Er lächelte mitfühlend. »Ich frage mich nur«, fuhr er fort und blickte nach vorn zu Asja, »was Bettina getan hat, um es zu verhindern.« Ich zuckte mit den Achseln. »Wenn nicht mal sie es geschafft hat, Asja umzustimmen, brauchst Du Dir keine Vorwürfe zu machen, dass es Dir nicht gelungen ist.« Ich erwiderte sein Lächeln, antwortete aber nicht.

Auf dem Parkplatz des Abdinger Krankenhauses standen kaum andere Wagen. Als wir am Eingang ankamen, wirkte Asja noch geschwächter als zuvor.

»Ihr linker Arm ist schwer entzündet«, erklärte Mom der Frau am Empfang. »Sie sollte sofort behandelt werden.«

»Natürlich, Frau Bonx. Ich hole Ihren Mann.« Kurz darauf erschien Dad.

»Asja! Was ist los?« Ohne ein Wort zeigte sie ihm ihren Arm. Er biss sich auf die Lippe.

»Ich weiß, Sie haben mich gewarnt. Es tut mir leid.«

»Du brauchst Dich nicht zu entschuldigen.« Er lächelte. »Es ist nur … So stark hat es sich sicher nicht über Nacht entzündet, kann das sein?« Sie zuckte mit den Schultern.

»Also gut. Komm bitte mit mir ins Behandlungszimmer. Ihr beide bleibt am besten im Wartezimmer.«

»Ähm«, Asja schaute sich zu mir um, »könnte Kim mitkommen?« Dad hob die Brauen. »Klar.« Mein Herz schlug höher.

Wir folgten ihm in einen sterilen kleinen Raum mit Liege, Stuhl und Instrumenten. Während Dad sie untersuchte, stellte er ihr Fragen: »Mit was für einer Klinge hast Du Dich verletzt?«

»Rasierklinge.«

»Es reicht schon eine kleine Verunreinigung, um eine Entzündung hervorzurufen. Wenn Bakterien in die Wunde kommen und Du sie nicht desinfizierst —«

»Ich wasch die Klinge vorher immer ab.« Sie schaute ihm nicht in die Augen. Dad seufzte.

»Ich verschreibe Dir ein Medikament, das Deinem Immunsystem dabei hilft, die Bakterien in Deinem Arm zu bekämpfen. Davor würde ich gern noch eine Blutprobe untersuchen lassen, um sicherzustellen, dass sich die Entzündung nicht ausgebreitet hat. Außerdem schaue ich mir Deinen anderen Arm an. Das Fieber ist ein normales Phänomen: Es zeigt, dass Dein Immunsystem hochaktiv ist.« Asja schaute zu mir. Ich kaute auf meiner Lippe herum.

»Natürlich hättest Du Dich nicht ritzen sollen«, meinte ich, als hätte sie eine Frage gestellt. »Aber wir können es jetzt nicht ungeschehen machen.« Sie blickte auf ihre Knie, während sich Dad an einem der Schränke zu schaffen machte.

»Wie wars gestern eigentlich mit Nikolai?«, fragte ich und gab mir Mühe, weder vorwurfsvoll noch besorgt zu klingen. Dad verließ das Zimmer. »Bin gleich zurück.«

»Habt Ihr …«

»Ja, haben wir. Und es war schön.« Das versetzte mir einen kleinen Stich. »Hast Du nicht Sorge, dass er Dich nur ausnutzt?« Sie warf mir einen aufgebrachten Blick zu. »Tut mir leid, ich wollte nicht —«

»Meinst Du nicht, dass ich auf mich selber aufpassen kann?« Unwillkürlich warf ich einen Blick auf ihren Arm. Sie verdrehte die Augen.

»Lass gut sein, Kim. Ich verzeih Dir wegen dieser Yade und so, aber hör auf mich zu bemuttern. Meine Mutter ist tot, und niemand kann sie ersetzen.« Niedergeschlagen nickte ich. »Du hast recht. Aber Du ritzt Dich nicht weiter, oder?«

»Das würde ich jedenfalls nicht empfehlen.« Dad betrat wieder den Raum. »Das Risiko ist Dir jetzt jedenfalls bewusst.«

»Jaja, ist ja schon gut.«

»Dann mach mal bitte Deinen anderen Arm frei.« Man konnte nicht behaupten, dass der viel besser aussah: Rote Linien, eine neben der anderen, fast ordentlich – es waren in jedem Strich Schmerz und Schuld zu erkennen. Aber es war nicht entzündet.

Gleichgültig beobachtete Asja meinen Vater, wie er ihren Arm inspizierte, und ich fragte mich, ob sie wirklich aufhören würde.

»Asja, ich weiß, dass die Zeit schwer für Dich ist«, sagte mein Vater jetzt, »und ich maße mir nicht an, zu behaupten, ich wüsste, wie Du Dich fühlst. Aber ich möchte Dich bitten, uns Dir helfen zu lassen. Was auch immer Deinen Schmerz auslöst, es gibt fähige Psychiater, und ich habe wirklich genug Geld, das sollte nicht der Grund sein …«

Asja reagierte nicht, und Dad seufzte. Als er sich neben sie auf die Liege setzte, schaute sie weg. Er warf mir einen hilfesuchenden Blick zu. Ich schüttelte resigniert den Kopf.

»Hast Du Dich noch an anderen Stellen geritzt, Asja? Lass mich Dich wenigstens untersuchen.« Sie schüttelte den Kopf. Ich schaute auf ihre Fußgelenke, die weiß zwischen Pyjamahose und Schuhen hervorschimmerten, doch es waren keine roten Striche zu sehen.

Als ich Asja kennenlernte, war sie ein schüchternes Mädchen. In der Schule stand ich ihr bei, wir dachten uns Spitznamen für Mitschüler und Geheimwörter aus für ›Was für eine dumme Frage!‹, ›Hast Du ihre neue Frisur gesehen?‹ oder ›Er hat gerade in Nase gepopelt, ich habs genau gesehen!‹.

Mit der Zeit wurde sie mir gegenüber immer offener, geradezu eine Frohnatur, nur in der Schule erlebte ich sie noch abweisend. Dann ging ihr Vater, und das war das erste Mal, dass ich ihre dunkle Seite kennenlernte. Beo hatte sie immer gut leiden können, und er war erschüttert von ihrer Trauer, ihrem Frust, ihrer Wut. Damals schon hatte sich Asja eher zurückgezogen, anstatt ihre Gefühle mit anderen zu teilen. Ihre Mutter musste die wegfallende Geldquelle kompensieren, musste sich um die Hypothek kümmern, war kaum da. Ich versuchte zu Asja durchzudringen, sie zu trösten. Mit

Beos Hilfe ging es ihr irgendwann besser und sie öffnete sich mir.

Ich hatte mich immer gefragt, ob Bettina ihr wenigstens etwas Trost hatte spenden können, wenn sie sonst niemanden an sich heranließ.

Dann ging es ihr wieder schlechter; das war wohl die Zeit ihres Onkels.

Aber nie war sie so kaputt gewesen wie jetzt. Es hatte sich alles angestaut, und es schien noch etwas dazugekommen zu sein … Dieses furchtbare Geheimnis, das ich einfach nicht erraten konnte. Und jetzt fragte ich mich, ob ich sie je wieder so ausgelassen erleben würde wie vor dem Fortgang ihres Vaters. Ob sie noch einen Sinn darin sah, weiterzuleben.

Ihre Last war auch zu meiner Last geworden.

Kapitel XIX

IN MIR HAUST DIE ANGST

Obwohl Asja mir verziehen hatte, schien sie ihre Zeit doch lieber mit Nikolai zu verbringen. Sie sprach nicht viel über ihn – keine Schwärmereien über seine Augen oder etwas in der Art –, aber nach der Schule ging sie jetzt immer mit zu ihm nachhause. Ich fragte mich, ob er ihr schon seine Musik gezeigt hatte, oder ob ihre Beziehung doch nur rein körperlich war, doch sie fragte ich das nicht. Nein, wir stellten einander allgemein nicht mehr so viele Fragen wie früher.

›Wie geht es Dir?‹

›Findest Du Adele auch so nervig?‹

›Was magst Du am Wochenende machen?‹

›Warum schminken wir uns nicht mal wieder gegenseitig?‹ Stattdessen schenkte sie mir höchstens mal ein schwaches Lächeln oder ging schweigend neben mir einher. War das nur eine Phase? Würde sie bald wieder auftauen und mir vielleicht sogar ihr dunkles Geheimnis anvertrauen? Oder war wirklich etwas zwischen uns zerbrochen, was nicht wieder zu richten war? Diese Fragen gingen mir nicht aus dem Kopf, suchten mich heim in meinem Wachen wie in meinen Träumen, die Fragen um Asja: Was ging in ihr vor?

Einmal verschlug es mich nach der Schule zum Friedhof am Stadtrand. Vielleicht meinte irgendein Teil von mir, eine Antwort auf all die schweren Fragen zu finden, wenn er nur gründlich genug suchte. Auf dem Grab ihres Onkels lag eine frische Blume. Weiß. Die Farbe der Reinheit und Unschuld. Unpassender hätte das Friedhofspersonal nicht wählen können. »Was hast du meiner Asja angetan?«, zischte ich den Grabstein an. »Du hast sie zerstört, ihr Leben zerstört. Du ekelhafter –« Jemand legte mir eine Hand auf die Schulter.

Ich fuhr herum. Dort stand Martyn und betrachtete versonnen das Grab.

»Hast Du mich erschreckt!« Er lächelte. »Nicht allzu sehr hoffe ich.« Er blickte mich an. »Was tust Du hier?«, fragte er.

»Das wollte ich Dich gerade fragen!« Ich hob die Brauen. »Spionierst Du mir etwa nach?« Er gluckste. »Ich kann Dir versichern, dass es sich bei dieser Begegnung um reinen Zufall handelt.« Er deutete ein paar Grabreihen weiter. »Dort liegt meine Großmutter begraben. Wunderbare Frau. Wir hatten eine besondere Verbindung.« Sein Gesicht zeigte keine Trauer, nur seine Stimme. »Ich besuche sie, wenn ich unsere gemeinsame Zeit vermisse, und rufe mir die universelle Vergänglichkeit der Dinge ins Gedächtnis und dass sie dennoch in mir gewissermaßen weiterlebt.« Ich nickte. »Dann habe ich Dich gesehen und mir gedacht, vielleicht freust Du Dich ja, mich zu sehen.«

Ich zuckte mit den Schultern.

»Und Du? Ist das ein Verwandter von Dir, auf den Du da so schimpfst?« Jetzt musste ich mir etwas einfallen lassen.

»Erzähl ihm doch, das sei irgendein Onkel von Dir, den Du nie leiden konntest«, riet Yade.

»Was hast Du denn von meinem Schimpfen gehört?«, fragte ich.

»Keine Ahnung. Du klangst einfach sauer ...« Erleichtert zog ich die Herbstluft ein. »Ja, Fillipp war ein Scheißkerl. Hat ihn beim Autofahren erwischt. Betrunken natürlich.« Er nickte. »Und warum war er so ein Scheißkerl?«

»Nicht so wichtig.«

»Du meine Güte, der Junge ist vielleicht neugierig«, kommentierte Yade.

»Warum legst Du eine Blume auf sein Grab?«

»Hat wohl das Friedhofspersonal gemacht.« Ich nahm die Blume auf und warf sie ins Gebüsch. »Das verdienst du nicht, du Bastard!« Wut brodelte in meiner Brust, in meinem Bauch. Wut nicht nur auf Fillipp, der Asjas Leben so schwer gemacht hatte, nein, Wut auch auf mich, dass ich so hilflos danebenstand, während Asja immer weiter zerfiel. Sie kiffte immer noch – heimlich, damit meine Eltern nicht mitbekamen, wofür sie ihr Taschengeld ausgab, das sie von ihnen bekam. Und Wut auf Asja. Ich wollte nicht wütend auf sie sein, ich wollte verständnisvoll, mitfühlend, liebevoll sein, aber ihre resolute Verweigerung von Hilfe, ihre aktive Selbstzerstörung, die offensichtlich oberflächliche Beziehung mit Nikolai, ihre Lügen – oh, ihre Lügen, wie ich sie hasste! Sie waren Gift in unserer Freundschaft, das Gift, das nun auch durch meine Adern getragen wurde. Sie hatte mich mit ihren Lügen angesteckt. Ich hielt Yade geheim, selbst vor meinen Eltern. Und all die Lügen nahmen kein Ende, nein, sie schienen sich zu vermehren, Eier zu legen wie parasitäre Würmer. Wie wurde man sie wieder los?

»Du darfst nicht aufgeben«, sagte Martyn irgendwann. Ich hatte fast vergessen, dass er neben mir stand.

»Was?«

»Wegen Asja. Du darfst nicht die Hoffnung aufgeben, denn das könnte dazu führen, dass *sie* die Hoffnung aufgibt, und das ist das Letzte, was wir wollen.«

»Aber ich habe keine Ahnung, was mit ihr los ist. Sie hat schlimme Dinge erlebt. Sie muss heftige Angst und Selbstscham verspüren, wenn nicht sogar Selbsthass.«

Im Sportunterricht trug sie einen langen Jogginganzug, aber in der Mädchenumkleide hatte ich gesehen, dass sie keineswegs aufgehört hatte, sich zu ritzen. Feine rote Linien an ihren Oberschenkelinnenseiten, fast liebevoll ins Fleisch versenkt, hätte es nicht so hasserfüllt und falsch ausgesehen.

Ich hatte sie nicht darauf angesprochen und es auch nicht Mom oder Dad verraten. So hatte ich noch ein Geheimnis vor ihnen, neben Yade.

»Die meisten von uns können nicht verstehen, wie sie sich fühlt«, meinte Martyn, als wüsste er irgendetwas von ihrer

Biographie, »mich selbst eingeschlossen. Der Mensch ist zu so unvorstellbarem Leiden fähig, und ich meine nicht den physischen Schmerz. Unsere Psyche ist so anfällig für Krankheiten wie unser Körper – Selbstwertentzündung, Angstgrippe, Seelenkrebs. Vielleicht haben manche Menschen ein schwaches Immunsystem der Psyche, sind empfindlicher als andere. Aber einige sind einfach viel zu vielen Krankheitserregern ausgesetzt. Hassbakterien, Gewaltviren, Vernachlässigungstumore. Nur dass sich diese Art von Tumor nicht operativ entfernen lässt. Und Leid führt zu immer mehr Leid. Ein Trauma in der Kindheit hat so schreckliche Auswirkungen auf unsere spätere Entwicklung und unsere Seele.

Vor diesen Schrecknissen wirkt die Welt fast trostlos und leer, wäre der Mensch nicht auch zum Empfinden größter Freude, wunderbarsten Genusses imstande. Dafür lohnt es sich, zu leben. Dafür und für die Lektionen. Ja, auch wenn uns diese Lektionen übel mitspielen.«

Ich fragte mich dumpf, ob er aus Erfahrung sprach oder einfach zu viel Erik Torgerson gelesen hatte. Wieder schwirrte mir der Kopf von seiner Philosophiererei.

Er schaute auf sein Handgelenk. »Also dann, ich muss los. War schön, Dich getroffen zu haben.«

»Tschau.« Ich hörte, wie er hinter mir über den blätterübersäten Friedhofsweg raschelte, drehte mich aber nicht um.

»So richtig übel verliebt bist Du aber nicht in ihn, kann das sein?«, meinte Yade, als ich ihn nicht mehr hören konnte.

»Ja, weiß auch nicht. Irgendwie seltsam.«

»Eigentlich schade«, sagte Beo und blickte ihm nach. »Er passt gut zu Dir.« Ich musste schmunzeln. »Ich glaube, ich mag ihn einfach, und er mag mich. Wahrscheinlich ist er wirklich schwul.« Ich warf einen Blick zur Blume, die jetzt im Gebüsch schimmerte. Dann machte auch ich mich auf den Weg.

Als ich zuhause ankam, war meine Mutter mal wieder dabei, etwas zu kochen. Es duftete nach angebratenen Champignons.

»Hi, Mom.«

»Hallo, Kim.« Ich wusch mir die Hände, um ihr zu helfen.

»Asja hat mir eine Nachricht geschickt«, sagte sie über die Pfanne gebeugt. »Sie übernachtet heute bei Nikolai.« Ich stellte das Wasser ab. »Was?« Bisher war sie immer spätestens zum Abendessen zurückgewesen.

»Naja, ich finde, in ihrem Alter kann sie selbst entscheiden, wo sie ihre Nacht verbringt, meinst Du nicht?«

»Aber … aber die vögeln doch nur die ganze Zeit. Mom, das ist nicht gesund! Sie kompensiert irgendwas, das wird langsam zur Sucht.«

»Ich bin nicht ihre Mutter, was soll ich Deiner Meinung nach tun? Hausarrest?«

»Keine Ahnung. Mom, sie braucht wirklich Hilfe. Du musst sie einweisen lassen. Sie ritzt sich jetzt zwischen den Beinen.«

»Verdammt.« Sie griff ohne hinzusehen nach einem Messer und begann, eine Zucchini zu schnippeln. »Ich hätte es wissen müssen.«

»Und ich hab zu dem Thema recherchiert. Ich glaube, sie *wollte*, dass sich ihre Arme entzünden. Wegen der Schmerzen. Deshalb ist es so schlimm geworden: Als es anfing, hat sie es noch vor uns geheim gehalten. Sie zerstört sich, wenn wir ihr nicht helfen. Sie ist doch nicht mehr zurechnungsfähig!« Mom seufzte. Mia stolzierte in die Küche, ihr Näschen zuckte entzückt.

»Du hast recht. Scheiße, Du hast ja recht! Wir können nicht dabei zusehen, wie sie sich selbst bestraft. Ich … rede mit Friedrich. Vielleicht ist es das Beste, wenn wir sie zwangseinweisen. Für den Anfang. Dann kann sie sich selbst wenigstens keinen Schaden mehr zufügen.«

»Danke, Mom.« Ein Stein fiel mir vom Herzen.

»Heilige! Endlich tut sich mal was«, meinte Yade. Beo runzelte nur die Stirn, und ich wusste, dass er nicht einverstanden war mit dieser Lösung. Aber sagen tat er nichts.

Kapitel XX

Wild und grausam und gell

Nach zwei Telefonaten stand fest, dass Mom Asja am Montag nach der Schule abholen und in das Abdinger Maximilian-Dreher-Klinikum bringen würde. Natürlich sagten wir ihr nichts davon, und ich fragte mich, was wir tun würden, sollte sie sich wehren.

Als Asja am Samstag nachhause kam, konnte ich ihr nicht in die Augen sehen. Es fühlte sich trotz allem falsch an. Herr Brate hatte im Philosophieunterricht ein Dilemma als Situation definiert, bei der es keinen positiven Ausgang gibt und jede Entscheidung unmoralisch wäre. Ebenso wenig hätte ich es ertragen können, länger nichts zu tun. Ich fragte mich, was Martyn raten würde, doch die Lage war zu persönlich, um sie ihm darzulegen.

Die Nacht auf Sonntag verbrachte Asja wieder bei Nikolai. Sie hatte dunkle Ringe unter den Augen. Und der Montag sollte abermals nicht verlaufen wie geplant …

Die ersten Anzeichen, dass etwas nicht stimmte, waren all die Schüler, sie sich heimlich zu Asja umdrehten und hinter ihrem Rücken tuschelten. Einige Blicke waren mitleidsvoll, andere neugierig, wieder andere gleichgültig oder sogar gehässig. Asja schien davon nichts mitzubekommen, und als Herr Schenkel den Klassenraum betrat, verstummte das Geflüster. Nicht dass Asja nicht sowieso schon als unheimlicher Emo galt und alle wussten, dass sie sich ritzte. Aber heute war das Getuschel anders, ganz als gäbe es eine reißerische Neuigkeit.

In der Pause belauschte Yade ein paar unserer Mitschüler und auf ihrem Gesicht erschien zuerst Überraschung – und dann Wut.

»Sie wissen, dass ihre Mutter gestorben ist!«

»Was?« Hastig holte ich mein Handy heraus.

»Und das nicht genug: Es hat auch die Runde gemacht, dass sie über Jahre hinweg vergewaltigt wurde.«

»Woher …« Dann fiel mein Blick auf Nikolais Platz. Er war leer. Ich stand auf. Die Pause währte noch zehn Minuten: genug Zeit, um den Jungen zu finden.

»Und alle wissen, dass sie bei Dir wohnt«, ergänzte Yade, als ich die Gänge entlangrannte.

»Junge Dame, bitte nicht so schnell!«, rief mir Frau Gärber hinterher, doch ich ignorierte sie.

Dann hörte ich Stimmen. Sie kamen aus dem gut versteckten Zwischenraum unter einer der Treppen. Ich pirschte mich an und lauschte.

»Das hab ig Dir im Vertrauen gesagt!« Das war unverkennbar Nikolais finnischer Akzent. »Und Du hast nigts Besseres zu tun, als es überall herumzuposaunen?«

»Ey, sorry Mann. Ich dachte –« Die Stimmte gehörte Nikolais bestem Freund Daniel.

»Was? Du dagtest, dass ig mit den Worten ›kein Sterbenswörtgen‹ meine, Du sollst es an die große Glocke hängen? Hast Du das gedagt?«

»Ich wollte eigentlich gar nichts sagen –«

»Du kannst nur nigt die Klappe halten! Ig hätte es wissen müssen.«

»Es tut mir echt leid, okay?«

»Nein! Weißt Du, wie ig jetzt dastehe? Sie wird mig hassen. Hitto!« Ich hörte, wie er mit dem Fuß aufstampfte.

Es klingelte, und hastig entfernte ich mich; als ich zurückblickte, sah ich Nikolai unter der Treppe hervorkommen. Daniel folgte etwas bedröppelt.

Auch im Sportunterricht hörte ich sie tuscheln. In der Umkleide deuteten sie auf Asjas Narben an Armen und Schenkeln. Ihre Entzündung war abgeklungen, aber die Haut wirkte trotzdem nicht gesund.

›Nur noch diesen Tag überstehen‹, dachte ich insgeheim. ›Wenn heute nichts Gravierendes passiert, können sie morgen so viel lästern, wie sie wollen – Asja braucht es nicht zu erfahren. Nur noch heute …‹

In der zweiten Pause setzte sich Martyn zu mir an den Tisch. Asja saß ohne Nikolai in einer Ecke. Er drückte sich, der Feigling.

»Kim, hei!« Ich rückte ein bisschen zur Seite, damit er genug Platz hatte. »Stimmt es, was alle sagen?« Ich stierte meinen Teller dampfender Brechbohnen an, als hätten sie Asjas Leidensgeschichte höchstpersönlich verbreitet.

»Was sagen denn alle?«

»Naja …« Er senkte die Stimme. »Dass ihr Onkel sie vergewaltigt hat … dass ihre Mutter gestorben ist … Deine Mutter hat sie adoptiert, heißt es.«

»Na und?« Ich wandte mich zu ihm um. »Überrascht es Dich, das zu hören?« Er hob die Brauen. »Naja … nein, nicht wirklich. Aber sie hat es wohl kaum selbst herumerzählt, nehme ich an.«

»Nein, in der Tat nicht. Das war ihr lieber Freund Nikolai.« Ich unterschlug den Mittelsmann. »Sie hatte sich ihm anvertraut – wahrscheinlich, weil sie das Bedürfnis nach Mitgefühl hatte –, und er hat nichts Besseres zu tun, als es überall mit Rot an die Wände zu schreiben.«

Martyn stach eine Brechbohne auf. »Das Grab …« Er betrachtete das Ding. »Das Grab, an dem ich Dich am Freitag getroffen habe …«

»… gehört ihrem Onkel, richtig.«

»Du hast gesagt, er sei bei einem Autounfall gestorben …«

»Stimmt auch. Ich hab nicht gelogen: Er war ein Scheißkerl, er war betrunken und er ist dabei verreckt.« Martyn nickte und steckte sie die Bohne in den Mund.

»Wie wird sie reagieren, wenn sie mitbekommt, dass es die Runde gemacht hat?«, fragte er irgendwann.

»Scheißewütend, vermute ich mal.« Wieder nickte er. So war er: entweder fröhlich oder nachdenklich. Das ging mir langsam auf die Nerven; vor allem jetzt, da sie sowieso schon zum Zerreißen gespannt waren. Ich warf einen Blick zu Asja hinüber. Sie wirkte ungeduldig. Nikolai würde in dieser Pause wohl nicht mehr auftauchen.

›Nur noch zwei Stunden‹, sagte ich mir, ›dann ist sie hier raus.‹ Ich hatte Angst davor, was Simon und Co tun könnten. Bisher hatten sie sich noch ungewöhnlich ruhig verhalten, doch wer wusste schon, wie sie sich in Physik bei Herrn Ammerbacher benehmen würden.

Herr Ammerbacher erinnerte an eine Brechbohne. Nicht nur dass er so hager war, er schien auch genauso viel Angst vor Menschen zu haben.

»Könnte ich jetzt anfangen?«, fragte er und seine Augen huschten in die Ecke von Simon und seinen Lakaien. Sie scherten sich nicht um den Mann und plauderten einfach weiter. Niemand traute sich, etwas zu unternehmen, schon gar nicht Herr Ammerbacher. So lief es häufig ab, und irgendwann fasste sich Tobias, der Vernünftigste der Bande, meistens ein Herz und brachte seine Kumpels dazu, wenigstens für eine Weile ruhig zu sein. Doch heute warteten wir vergeblich.

»Alter, könnt ihr nicht einfach mal eure Fressen halten?« Alle schauten Asja an. Totenstille. Sie war aufgestanden. Simon hob die Brauen. Ich biss mir auf die Lippe, dass es schmerzte. Mein Herz pochte, mir wurde heiß.

Verdammt.

»Oh, sprechen wir dir zu laut? Musst du dich deswegen ritzen?« Seine Schoßhündchen gackerten.

»Hast du einen Knall!?« Sie schrie jetzt.

»Nee, aber du offenbar. Hab ich nicht recht?« Alle schwiegen. Keiner seiner Kumpels lachte mehr. Wir starrten die beiden an, Blut rauschte in meinen Ohren.

»Was soll das denn bitte heißen?«, fauchte Asja. »Was willst du damit sagen?«

»Hm, mal überlegen. Ach, nennt man das nicht so, wenn du vergewaltigt wurdest? Trauma oder so?« Sie erstarrte. In meinem Augenwinkel sah ich, wie Nikolai seinen Kopf einzog wie eine Schildkröte, nach der man einen Stein geworfen hat.

»Wie bitte?«

»Ja, dein Onkel, richtig? Muss ja richtig schlimm gewesen sein, sonst wärst du nicht so psycho, meinst du nicht?« Asja wirkte, als verstünde sie nicht, was er sagte. Sie blinzelte.

»Hast du jetzt einen Anfall oder so? Sollte ich mich vor dir in Acht nehmen? Spuckst du vielleicht Feuer?« Hilflos flog Asjas Blick über die verängstigten Gesichter ihrer Mitschüler. Dann traf er Nikolai. »Du!« Und es lag so viel Schmerz, Enttäuschung, Scham in ihrer Stimme.

»Asja, bitte, es tut mir leid, ig –«

»Du Bastard! Das hab ich dir im Vertrauen erzählt! Weißt du, was das bedeutet? ›Vertrauen‹? Kennst du das Wort?«

»Hey!« Simon war in seinem Element. »Nur weil deine Mutter krepiert ist, hast du hier nicht irgendwelche Sonderrechte, andere zu beleidigen. Das ist immer noch mein Job.«

»HALT DEIN MAUL!« Ihr Gesicht war rot angelaufen. »HALT EINFACH DEIN MAUL, DU MISSGEBURT! IHR SEID DOCH ALLE SCHEISSE, ALLES, DIE GANZE BESCHISSENE WELT!« Sie griff ihre Federtasche und schmiss sie blindlings nach Simon. »IHR VERFICKTEN HURENSÖHNE!« Ihre Schere knallte gegen eine Glasvitrine, die Stifte verteilten sich über den Boden. »WARUM KÖNNT IHR MICH NICHT EINFACH IN RUHE LASSEN!? WANN CHECKT IHR ES ENDLICH, DASS IHR AUF ANDEREN HERUMTRAMPELT WIE BESCHISSENE HÖHLENMENSCHEN? KÖNNT IHR EUCH NICHT UM EUERN EIGENEN BEKACKTEN TRÜMMERHAUFEN VON LEBEN KÜMMERN?« Tränen der Wut und des

Schmerzes flossen ihr übers Gesicht. Selbst Simon schien verunsichert.

»MIR REICHTS! IHR SEID DOCH ALLE SCHEISSE, WARUM HAB ICH ES EIGENTLICH SO LANGE MIT EUCH AUSGEHALTEN? WARUM HAT SICH EMO-ASJA NICHT SCHON LÄNGST DIE LICHTER AUSGEMACHT? VERFICKT GUTE FRAGE, WÄR EIN THEMA FÜR NE DOKTORARBEIT!«

»Asja!«, flehte ich. »Bitte!«

»FAHRT DOCH ZUR HÖLLE!« Sie schnappte sich ihre Tasche und stürmte aus dem Fachraum, die Tür knallte – und dann herrschte Stille.

Einige hatten die Hand vor den Mund geschlagen, andere starrten ausdruckslos die Tür an. Simon sah aus, als wäre sein Betriebssystem abgestürzt. Und Nikolai ... Er hatte sein Gesicht verborgen, raufte sich die Haare, die Ellbogen auf dem Tisch.

»Worauf wartest Du verdammt nochmal!« Yade deutete auf die Tür. »Hinterher!«

Kapitel XXI

Schwarz wie die Tiefen der See

»Asja!« Ich schrie. »ASJA!« Sie blieb nicht stehen. Ich jagte ihr nach, so schnell ich konnte, doch sie war schon immer sportlicher gewesen als ich. Die Angst um sie trieb mich immer weiter, bis hinaus vor die Schule, wo die Fahrräder standen.

»Asja! Was hast Du vor?« Sie hastete durch die Reihen und schmiss hier und da ein Fahrrad um.

»Lass mich! Geh zurück!« Sie war vollkommen aufgelöst. Schließlich riss sie ein Fahrrad vom Ständer, das nicht angeschlossen war.

»Asja, nicht!« Aber sie hatte sich schon draufgeschwungen und fuhr auf die Hauptstraße, die vor der Schule am Flussufer entlangführte.

»NEIN!« Panisch suchte ich nach einem losen Fahrrad, aber ich fand keines. Asja war schon ein paar hundert Meter Richtung Stadtrand gekommen. In blinder Verzweiflung lief ich auf die Straße, um ein vorbeikommendes Auto anzuhalten. Eine ältere Frau saß am Steuer und blickte ganz verschreckt, als ich die Beifahrertür aufriss.

»Sie müssen diesem Fahrrad folgen!«

»Was geht hier vor sich, junge Dame?« Ich hatte mich schon neben sie geworfen und die Tür zugeknallt. »Fahren Sie! Das ist meine beste Freundin. Sie wird sich umbringen!« Die Frau riss die Augen auf.

»Ja, ist gut, ich fahre.« Hastig schaltete sie einen anderen Gang ein und raste los, um Asjas Vorsprung wettzumachen.

»Fahren Sie vorsichtig neben sie, damit ich mit ihr sprechen kann!« Sie tat wie ihr geheißen und ich kurbelte das Fenster hinunter.

»Asja!«, schrie ich, sie blickte sich zu mir um, als könnte sie ihren Ohren nicht trauen.

»Bitte! Alles nur das nicht! Wir besorgen Dir Hilfe, Du brauchst nicht zurück in die Schule gehen, wir tun alles! Alles, damit Du Dir nichts antust!« Aber Asja presste nur die Lippen zusammen und trat in die Pedale wie ein Berserker. Ihr Rucksack wurde auf ihrem Rücken hin- und hergeschleudert.

»Bitte! Halt an! Du weißt nicht, was Du tust! Du bist wütend, aber mach keine Dummheiten, ich bitte Dich!« Plötzlich bog Asja nach rechts ab, auf einen schmalen Waldweg.

»STOPP!« Die Reifen quietschten. Ich riss die Tür auf und stolperte zum Weg, rannte so schnell ich konnte, aber Asja raste in der Ferne davon und verschwand schließlich hinter einer Biegung. »NEIN!« Dann stolperte ich und schlug hin. »ASJA!« Ich versuchte wieder aufzustehen, aber mein Herz und meine Lungen ließen es nicht zu. Ich rollte mich auf den Rücken und schloss die Augen. Tränen liefen heiß meine Wangen hinab.

»Mein Mädchen.« Jemand berührte mich an der Schulter. Ich öffnete die Augen. »Soll ich wen anrufen?« Es war die Autofahrerin. Ich setzte mich auf und holte mein Handy hervor.

»Schon gut, danke.«

»Oder Dich irgendwo hinfahren?« Ich blickte zur Straße. Ihr Wagen parkte am Rand vor dem Waldweg. »Ich war grad auf dem Weg nachhause. Ich habe nichts vor.« Sie betrachtete mich besorgt.

»Es ist zu spät. Dieser Wald hat so viele Wege – sie könnte überall sein. Wenn sie entscheidet, sich umzubringen, kann ich sie jetzt nicht mehr daran hindern. Und wenn sie irgendwo untertaucht, kann ich sie auch nicht finden.«

»Aber die Polizei kann doch nach ihr suchen.«

»Vielleicht.« Ich raufte mir die Haare. Dann wählte ich Moms Nummer.

»Hei, Kim! Alles in Ordnung?« Mit tonloser Stimme erzählte ich ihr, was vorgefallen war. Es war mir egal, dass die Alte darüber erfuhr. Sie blickte nur immer besorgter.

»Was sollen wir jetzt tun, Mom? Sie ist irgendwo im Abdinger Wald. Und bestimmt hat sie ein Messer dabei. Wie konnte es nur so weit kommen? Ich versteh es einfach nicht.«

»Kim, ganz ruhig. Wir finden sie. Bevor sie sich etwas antut.«

»Aber wie? Der Wald ist tausendmal so groß wie die Stadt. Sie könnte überall sein – vielleicht fährt sie sogar in den nächsten Ort. Oder sie hat sich längst die Pulsadern aufgeschnitten.«

»Komm jetzt erstmal ins Polizeipräsidium. Dann sprechen wir mit Lukas über das weitere Vorgehen.« Ich atmete tief durch. Dann wandte ich mich an die Frau. »Könnten Sie mich zum Polizeirevier bringen?«

Lukas war untersetzt und trug den phänomenalsten Schnauzer, den die Welt je gesehen hatte, wie Beo es einmal formulierte. Er tat nichts anderes als ermitteln und rauchen. Jeder in Abdingen hatte schon einmal etwas von ihm gehört. Beim Ermitteln saß er vorzugsweise in seinem riesigen Sessel in seinem Büro und löste Sudokus. Fürs Rauchen ging er alle halbe Stunde vor die Tür. Dort traf ich ihn heute.

»Danke!« Ich winkte der Dame zu, die mich am Straßenrand herausgelassen hatte.

»Immer doch, mein Liebchen. Ich hoffe, Du findest Deine Freundin!« Dann fuhr sie davon.

»Hallo, Lukas!« Er fasste sich an die Mütze und zog an seinem Sargnagel. »Warum das ernste Gesicht? Kimberley, richtig?« Ich war einmal auf seiner Wache gewesen, um mein vermisstes Portemonnaie abzuholen.

»Asja ist verschwunden.« Er runzelte die Stirn. »Anastasie Donker? Was sagst Du, verschwunden?« Ich erzählte ihm alles. Mom stieß zu uns, als er gerade den letzten Zug tat.

»Kommt rein.« Er trat den Stummel aus und hielt uns die schwere Tür auf.

»Also, nochmal zum Mitschreiben.« Er beugte sich in seinem Sessel vor und schnappte sich einen Kugelschreiber. »Ihr meint, das Mädchen ist suizidal?« Ich nickte. Er kritzelte auf seinem Block, schmiss den Kuli in den Papierkorb und griff nach einem Bleistift. »Abgetaucht im Abdinger Wald?«

»Ja!« Ich kämpfte ungeduldig gegen die Tränen, die mir im Hals drückten. »Mit dem Fahrrad könnte sie schon überall sein. Wir müssen Suchhunde einsetzen, Suchtruppen, Helikopter! Bevor es dunkel wird.« Ich verstand nicht, warum er nicht schon längst sein gesamtes Aufgebot zusammenrief. »Worauf warten Sie?«

»Mein liebes Mädchen. Es ist leider nicht so leicht, wie Du vielleicht denkst. Selbst wenn wir sie ausfindig machen sollten … Wenn sie sich in die Ecke gedrängt fühlt, könnte sie überstürzt handeln …«

»Aber wir können doch nicht einfach abwarten und Tee kochen!«

»Kim, was willst Du denn tun?« Mom legte mir eine Hand auf die Schulter. »Sie kommt schon zurück. Sie braucht wahrscheinlich nur Abstand und –«

»Ihr versteht das nicht!« Ich schrie jetzt. »Wisst Ihr, was sie gesagt hatte, bevor sie aus der Klasse stürmte? Sie sagte: ›Warum hat sich Emo-Asja nicht schon längst die Lichter ausgemacht?‹ Klingt das für Euch, als würde sie es nicht ernst meinen?« Ihre Worte klingelten mir noch in den Ohren.

»Ich habe nie behauptet, die Lage sei weniger als todernst.« Lukas beugte sich wieder vor, mit gerunzelter Stirn und zitterndem Schnauzer. »Deshalb müssen wir mit Bedacht vorgehen. Alles andere wäre fatal. Das ist nicht das Gleiche wie eine Entführung.«

»Und? Was ist Ihr Plan? Warten, bis sie zur Tür hereinspaziert und allen einen guten Tag wünscht?«

Lukas kaute auf seinem Bleistift herum. »Nein. Ich habe eine bessere Idee.« Er erhob sich. »Es gibt einen Detektiv. Er arbeitet in Thüringen.« Lukas watschelte zur Tür seines Büros. »Elisa! Stellen Sie mir bitte Sascha Buschbrandt durch.« Er kam zurück und ließ sich wieder in den Sessel fallen.

»Sascha besitzt eine unglaublich seltene Form der Hypervision. Ihr werdet es sehen.« Sein Telefon klingelte. »Hallo, Sascha! Ich brauch Dich bei einem Fall. Es geht um ein verschwundenes Mädchen … Nein, keine Entführung. Sie ist selbstmordgefährdet … Aus der Schule weggelaufen. Wir brauchen Dich hier … Nein … Nein, Sascha, morgen ist es womöglich schon zu spät … Nein … Sascha! Hör zu, das – … NEIN! … Du machst mich echt fertig! … Ja, Du mich auch.« Er knallte das Telefon auf die Gabel. Ich starrte ihn an.

»Ich glaub, ich muss eine rauchen. Ich sag Euch, der Typ ist nicht einfach speziell, er hat einen an der Klatsche. Wenn er sich etwas in den Kopf gesetzt hat, lässt es sich nicht einmal operativ entfernen. Er besteht darauf, erst morgen zu kommen, damit er sich ›innerlich vorbereiten‹ kann. Wäre er nicht so überaus nützlich, würde ich mich nicht mit ihm abgeben. Mein Arzt sagt, er treibt meinen Blutdruck in die Höhe.« Er goss sich ein Glas Wasser ein.

»Aber wir können nicht auf morgen warten!« Ich konnte meine Tränen nicht länger zurückhalten. »Es geht um Leben und Tod!«

»Es tut mir wirklich leid, junge Dame, aber ich kann Sascha schlecht dazu zwingen, herzukommen.«

»Dann müssen wir etwas anderes versuchen! Sie ist ganz allein mit sich, ihrem Schmerz und einer Klinge! Das kann Sie doch nicht so einfach kalt lassen!«

»Junge Dame.« Lukas runzelte wieder die Stirn und beugte sich vor. »Hör mir mal gut zu. Solche Dinge lassen mich nie kalt. Nie. Ich hab hier nicht häufig Suizidfälle, aber jedes Mal muss ich an meine kleine Tochter denken, die ihre Mutter verloren hat. Ich weiß genau, wie Du Dich fühlst. Aber Anastasia könnte überall sein, und wenn jemand in ihrem Zustand das Gefühl hat, verfolgt zu werden, in der Klemme zu sitzen, dann kann es sehr schnell hässlich werden. Vertrau mir. Wenn sie morgen noch ... Morgen hat sie sich beruhigt und wir können mit Saschas Hilfe nach ihr suchen. Jetzt wäre es nur gefährlich, etwas zu unternehmen, glaub mir ... Ich hab Erfahrungen«, schloss er finster

Also waren wir machtlos. Betäubt verließ ich mit Mom das Revier und wir gingen nachhause, ohne ein Wort zu wechseln.

Auch Yade und Beo wussten keinen Rat in dieser düsteren Stunde, und als ich zum hundertsten Mal erfolglos versucht hatte, sie auf ihrem Handy zu erreichen, meinte Yade: »Gib es auf. Du musst wohl oder übel auf morgen warten und hoffen, dass dieser Sascha Buschbrandt so viel draufhat, wie Inspektor Lukas behauptet.«

»Aber es muss doch irgendwas geben, das wir tun können ... Irgendwas! Ich kann es nicht mehr ertragen, hilflos danebenzustehen, während Asja vergeht und zerfällt.« Ich lag bäuchlings auf meinem Bett und checkte zum tausendsten Mal das Chatprogramm. Plötzlich riss ich meine Augen auf.

»Sie hat meine Nachricht gelesen!« Mit vor Erregung zitternden Fingern tippte ich: ›Asja? Bitte antworte mir!‹ Ich wagte kaum zu atmen. Eine Ewigkeit lag ich so da, dann zeigte das Programm an, dass sie wieder offline war.

»Scheiße!« Ich stand vom Bett auf und raufte mir die Haare. Beo saß im Schneidersitz auf dem Boden und lächelte mir traurig zu, wie ich auf- und abging. Draußen war es schon dunkel. Ich musste mir vorstellen, wie Asja irgendwo im Wald saß und von Schwärze umgeben war – umgeben und durchdrungen. Schwarz wie die Tiefen der See.

»Manchmal ist es nützlicher, wenn man die Dinge akzeptiert, wie sie sind«, meinte Beo. »Du kannst jetzt nichts tun.

Und Du brauchst morgen Deine Energie. Also leg Dich schlafen.« Ich schüttelte den Kopf und wählte zum hundertersten Mal ihre Nummer.

»Komm schon …« Aber es piepte nur und der Anrufbeantworter sprang an. »Asja, um Himmels Willen! Bitte, bitte melde Dich! Ich komme um, wenn Du Dich nicht meldest! Und wenn Du Dir was antust, dann kann ich Dir das nie verzeihen.«

»Das bringt doch nichts, ihr solche Sachen zu sagen.« Yade saß steif auf meinem Schreibtischstuhl. »Du machst ihr nicht gerade gute Laune.«

»Vielleicht braucht sie auch keine gute Laune, sondern einfach einen Arschtritt!« Ich warf mein Handy aufs Bett, ließ mich danebenfallen und raufte mir wieder die Haare.

So brachte ich die Nacht zu, bis ich vor Erschöpfung irgendwann bei brennendem Deckenlicht einschlief.

Kapitel XXII

NIRGENDS ZU SEHN

Der Himmel war hellgrau, die Kronen des Abdinger Waldes rauschten und ich schlang meine Arme um mich.

»Kommt dieser Sascha immer zu spät?«, schimpfte ich. Wir befanden uns an der Stelle, wo Asja in den Wald abgebogen war. Lukas' Einsatzwagen blockierte die halbe Fahrbahn, aber das schien ihn nicht groß zu kümmern.

»Zuverlässig. Wenn Du ihn um zwölf zur Stelle brauchst, sag ihm, er soll um elf da sein.«

»Das haben Sie getan?«

»Ja, aber ich habe den Fehler gemacht, hinzuzufügen, er solle sich beeilen. Dann lässt er sich immer besonders viel Zeit.«

»Und der soll diensttauglich sein?«

»Hat eine höhere Aufklärungsquote als das FBI. Aber das lässt er uns auch regelmäßig wissen, wenn wir wegen seiner Eigenheiten die Augen verdrehen. Du bist halt fein raus, wenn man nicht auf Deine Gabe verzichten kann ...« Grimmig nickte ich. Dieser Sascha nahm sich entschieden zu viel heraus.

»Wenn der nicht bald kommt, hat Asja sich schon dreimal umgebracht«, meinte Yade. Ich biss mir auf die Lippe und wünschte mir, sie würde aufhören, solche Sachen zu sagen.

Mom telefonierte mit Dad; Beo betrachtete versonnen die wogenden Kiefern. Bei jedem entgegenkommenden Auto schlug mein Herz höher, doch alle fuhren sie vorbei.

Ich war schon drauf und dran zu glauben, einen Sascha Buschbrandt gebe es gar nicht, da hielt plötzlich ein Wagen, keine zehn Meter von uns entfernt. Er war schwarz, unauffällig. Auch der Mann, der ausstieg, wirkte alles andere als exzentrisch.

»Ist das Herr Buschbrandt?«, fragte ich Lukas. Mom legte auf und stieß zu uns.

»Jepp«, machte Lukas und hob die Hand.

»Also, können wir endlich anfangen?« Herr Buschbrandt deutete auf den Wald. Ich hatte einen Freak erwartet, mit bunter Bekleidung und gewagter Frisur. Aber Sascha war einfach der dezenteste Mensch, den ich je gesehen hatte. Er war so dezent, auf den ersten Blick hätte man sogar nicht einmal sagen können, ob er männlich war oder weiblich. Seine Haare waren dunkel und ordentlich, aber nicht auffällig ordentlich; sein Anzug war schwarz, sein Hemd weiß, seine Krawatte grau. Das Einzige, wodurch er auffiel, war das, was aus seinem Mund kam.

»Also, Püppchen. Ich hoffe, Du hast Dich schlau gemacht über Angelikas Blutgruppe.«

»Anastasia«, korrigierte ich, obwohl er mit Mom gesprochen hatte. Diese blinzelte etwas irritiert.

»Äh, ja.« Sie zog einen Zettel aus ihrer Handtasche. »Wofür brauchen Sie die denn?« Der Mann betrachtete den Wald, die Hände in den Hosentaschen.

»Ach, nur so zum Vergnügen. Hat nichts mit dem Fall zu tun.« Er drehte sich um. »War nur Spaß.« Er zwinkerte. »Ich kann nur kein Blut sehen, das Blutgruppe Null hat, und wenn sich das Mädchen die Pulsadern aufschneidet …«

»Sascha!« Lukas rollte mit den Augen. »Er benötigt sie zur Lokalisation. Blutgruppe, Geburtsdatum und Gabe.« Mein Herz klopfte schneller. »Was?«, rief ich.

»Es gibt, meine fluffigen Freunde«, erklärte Herr Buschbrandt, »keine zwei Menschen, die in diesen drei Eigenschaften übereinstimmen.«

»Aber reichen nicht Geburtsdatum und Blutgruppe?« Ich kaute auf meiner Unterlippe.

»Prinzesschen.« Er steckte sich eine Zigarette an. »Wir haben genau zwei Möglichkeiten. Entweder Du verrätst mir ihre Gabe, oder Du verrätst mir ihre Gabe. Wenn Du gerne über Privatsphäre und Menschenrechte debattieren möchtest, können wir uns gerne mal privat treffen.« Er blies Rauch in den Himmel.

»Du hast die Wahl«, meinte Yade. »Asjas Privatsphäre oder ihr Leben.« Ich seufzte. »Okay. Aber wir gehen dafür ein Stück in den Wald. Und Sie sagen es niemandem sonst!«

»Großes Detektivehrenwort. Normalerweise soll ich die armen Häftlinge ausfindig machen, die es im Gefängnis zu langweilig fanden. Da ziert sich niemand, mir die Gaben zu verraten. Schließlich werden sie bei der Inhaftierung aufgenommen.« Er streckte den Arm aus. »Nach Dir.« Ich marschierte Richtung Wald. Der Detektiv folgte mir.

»Der Typ ist mir unheimlich«, meinte Yade, die neben mir einherschritt.

»Du misstraust aber auch jedem, der nicht gerade zufällig Du bist«, erwiderte Beo.

Der Detektiv blieb stehen. »Und?« Er paffte. »Was ist nun ihre Wundersuperkraft?« Ich schaute zurück zu Mom und Lukas. Sie unterhielten sich, mit dem Rücken zu uns.

»Also«, ich sprach gedämpft, »Asja verfügt über autonome audiovisuelle Hetärie.« Sascha nickte.

»Gut für sie.« Er wandte sich wieder um und stieg die Böschung hinauf. Ich war erleichtert, dass er nicht auch Bettinas Namen hatte wissen wollen.

»Also, wenn ich dieses hübsche Blatt bekommen dürfte.« Mom reichte es ihm und er faltete es auseinander.

»Ein Winterkind, wie süß.« Er kritzelte etwas auf seinen Notizblock. »Ach ja, AB-positiv, meine Lieblingsblutgruppe.« Mom nahm das Blatt zurück. Er wandte sich Richtung Wald.

»Da ist unser Sonnenschein also gestern drin verschwunden. Auf dem Fahrrad ...«

»Ja.«

»Na gut, dann lasst uns hoffen, dass sie noch in einem Umkreis von zehn Kilometern rumgurkt, sonst kann sie noch so AB-positiv sein.«

»Soll das heißen, dann können Sie sie nicht finden?«

»Genau das heißt es, mein Blumensträußchen. Aber jetzt bittet der Künstler um Ruhe.« Er schnippte die Zigarette weg, schloss die Augen und runzelte die Stirn. Ein Auto fuhr vorbei. Mom räusperte sich.

»Also, ich kann so nicht arbeiten.« Er öffnete die Augen wieder und schritt hinüber zu seinem Wagen.

»Was tun Sie?«, fragte ich.

»Wonach siehts denn aus? Ich tanze meine Lieblingsfarbe. Elefantengelb.« Er schien im Handschuhfach zu kramen. Als er wieder zum Vorschein kam, hielt er ein Paar weißer In-Ear-Kopfhörer in die Höhe. »Darf ich vorstellen? Meine liebe Ehefrau Agathe.« Er kam zurück und tippte auf seinem Handy herum. Als er die Kopfhörer in seine Ohren steckte, hörte ich kurz etwas wie klassische Musik. Wieder schloss er die Augen. Alles, was wir hörten, waren die rauschenden Blätter und leise scheppernd die Musik.

»Erstaunlich, dass dieser Typ der Einzige sein soll, der Asja zu finden vermag«, meinte Yade.

»Ich kann sie nicht finden.« Er öffnete die Augen und nahm die Ohrenstöpsel heraus. »Also, fünf Möglichkeiten: entweder sie ist zu weit weg, sie ist nicht AB-positiv, sie wurde nicht am siebenundzwanzigsten Februar 2001 geboren, oder ich bin falsch über ihre Gabe informiert. Denkbar wären auch beliebige Kombinationen dieser Möglichkeiten.«

»Na toll.« Ich verschränkte die Arme. »Und jetzt? Wollen wir jede Blutgruppe einmal durchgehen und am besten noch mit allen möglichen Geburtsdaten kombinieren?« Mom schüttelte den Kopf. »Das ist ein ärztliches Dokument. Die Angaben müssen korrekt sein.«

»Dann ist sie womöglich schon weitergezogen.« Er kratzte sich am Kinn. »Oder es ist nicht die richtige Gabe. Du hast mich doch nicht etwa aus ritterlichster Solidarität Deiner Freundin gegenüber angelogen?«

»Nein! Sie muss außer Reichweite sein.« Der Detektiv nickte düster. »Es gibt noch eine fünfte Möglichkeit, die ich aus Gründen der Rücksichtnahme bisher unterschlagen hatte.« Mir wurde flau. »Tote Mädchen sind leider nicht auf meinem Radar.«

»Bitte!« Ich wandte mich verzweifelt an Lukas. »Wir müssen weiter in diese Richtung fahren und es nochmal versuchen!« Ich deutete auf den Wald. Nachdenklich nickte er.

»Ja, das halte ich für das Beste.«

»Phantastisch!«, rief Sascha. »Wer als erstes in Kempen ist, bekommt eine Schachtel Zigaretten!«

Auf der Fahrt fragte ich Lukas: »Hast Du oft mit dem zu tun?« Er seufzte. »Oft genug. Man läuft sich über den Weg, weißt Du? Letztes Jahr war mir einer ausgebüxt, der wegen Gabenmissbrauch saß. Ganz üble Sache. Als Sascha ihn einfing, kam er ins Gefängnis in Duisburg.«

»Oh, ich erinnere mich«, meinte Mom. »Das stand in der Zeitung.«

»Sascha ist ja auch kein schlechter Kerl. Nur eben etwas … herausfordernd. Vor allem, wenn Du schnell etwas erledigt haben willst.«

In Kempen funktionierte es auch nicht. Und ebenfalls nicht in einem Kaff noch etwas weiter südlich. Als der Detektiv ein drittes Mal seine Ohrenstöpsel herausnahm, dämmerte es bereits.

»Also, das kann ja heiter werden, wenn wir hier durch die Weltgeschichte gondeln auf der Suche nach einem Mädchen, das höchstwahrscheinlich gar nicht mehr unter uns weilt. –

Und das mir auch ganz unfassbar leidtut«, fügte er nach einem Blick auf meinen Gesichtsausdruck hinzu.

»Wir geben nicht auf«, sagte ich. »Wenn Sie Asja nicht finden, suchen wir eben auf die herkömmliche Weise nach ihr. Vielleicht hat ja jemand bei der Blutgruppe gepfuscht.«

»Du meinst, wir sollten den Abdinger Wald absuchen?« Lukas runzelte die Stirn. »Das sind zwanzigtausend Hektar.«

»Ist mir egal. Und wenn es hunderttausend wären!« Er seufzte. »Natürlich unternehmen wir alles, um sie zu finden, das möchte ich Dir vergewissern. Aber … gibt es nicht vielleicht einen Ort, von dem Du weißt, dass sie sich dorthin zurückziehen könnte? Bevor wir blind im Blauen fischen?« Ich überlegte.

»Also, da ist ein Jägerhochsitz, da haben wir einander das erste Mal von unseren Gaben erzählt.« Yade schüttelte den Kopf. »Da würde sie höchstens hingehen, wenn sie gefunden werden wollte.« Ich übermittelte ihre Bedenken.

»Wir sollten es trotzdem probieren. Außerdem werde ich meine Kollegen in den umliegenden Ortschaften fragen, ob sie irgendein herumstreunendes Mädchen aufgegriffen haben. Morgen wissen wir mehr.« Er räusperte sich. »Ich schlage vor, wir fahren jetzt erstmal zurück nach Abdingen und Ihr besorgt Euch eine Mütze Schlaf. Ich kümmere mich um alles.«

Jetzt erst bemerkte ich, wie müde ich war.

»Dann sind meine Dienste wohl nicht länger vonnöten?«, ließ Herr Buschbrandt sich verlauten.

»Gut kombiniert, Detektiv. Zieh ab nach Duisburg.« Lukas gab ihm einen Klaps auf die Schulter.

Als Lukas uns vor unserer Haustür abgesetzt hatte, umarmte ich ihn. »Danke, dass Sie Asja helfen. Sie ist krank, und wir müssen uns um sie sorgen, bis sie eindeutig geheilt ist.«

»Keine Ursache«, murmelte der Polizeichef. »Ist schließlich mein Job.« Er stieg in seinen Wagen und wir winkten, als er in die Nacht davonfuhr. Mom hatte ihren Arm um mich gelegt.

»Kim, Du bist ein guter, guter Mensch.«

»Das würde doch jede für ihre beste Freundin tun.«

»Das ändert nichts daran. Ich möchte, dass Du das weißt.« Und zusammen gingen wir hinauf.

Kapitel XXIII

EINE HOFFNUNG, EIN FUNK?

Am nächsten Tag schickte Mom mich wieder in die Schule. Ich protestierte, aber sie meinte, der Fall sei in den besten Händen.

»Was für ein Schwachsinn!«, schimpfte Yade, als wir bei Sonnenaufgang durch die Gassen von Abdingen gingen. »Du kennst Asja besser als jeder andere lebende Mensch. Wenn jemand nach ihr suchen sollte, dann ja wohl Du!«

»Aber was soll sie denn tun?« Beo lief auf meiner anderen Seite. »Wo sollte Asja schon sein? Sie suchen doch jede Jagdkanzel im Abdinger Wald ab, jede Wanderhütte, jedes Klohäuschen. Wenn Asja nicht gefunden werden will, kann selbst Kim nichts ausrichten.«

»Aber ihr einfach diese Aufgabe abzusprechen – macht Dich das nicht ganz fuchsig?«

»Ich weiß nicht.« Trübselig trat ich Steine vor mir her. »Natürlich haben Mom und Beo recht: Ich kann sie auch nicht besser finden als ausgebildete Suchkräfte der Polizei. Aber es fühlt sich so an, als würde ich jetzt nichts tun, und das hasse ich.«

»Genau das meine ich!«, rief Yade. »Sie ist ihre beste Freundin, ihre Gabenpatin. Asja hat doch niemanden außer Kim.«

»Sie hat Bettina.«

»Wow. Tolles Mädchen, wenn sie Asja einfach so weglaufen lässt. Wie hat Bettina jemals geholfen, frage ich mich? Wahrscheinlich bestärkt sie sie noch.«

»Du weißt doch nicht, wie es wäre ohne sie. Vielleicht hat Bettina sie ja schon vom Schlimmsten abgehalten.« So diskutierten die beiden noch, als die Schule schon in Sicht kam. Ich kaute auf meiner Unterlippe. Schließlich wies ich die beiden an, still zu sein. »Ich kann es nicht mehr ertragen. Ich weiß, Ihr wollt nur helfen, aber bitte versucht Euch heute mal zurückzuhalten.«

Ich starrte auf meine ineinander verknoteten Finger. Was der Lehrer erzählte, perlte an mir ab wie Wasser an einem Lotusblatt. Ich konnte es nicht abwarten, die Nachrichten auf meinem Handy abzurufen. Mom hatte mir versprochen, mich über alle Entwicklungen auf dem Laufenden zu halten. Aber als ich in der Pause mein Handy hervorholte, hatte sie nur geschrieben: ›Nichts.‹ Mit einem traurigen Emoticon.

»Es scheint, sie will nicht gefunden werden«, meinte Beo betrübt. Ich steckte das Handy wieder weg, um ihm zu zeigen, dass ich nicht mit ihm reden wollte.

»Hey, darf ich mich zu Dir setzen?« Es war Martyn. Ich bedeutete ihm, neben mir auf der Treppe Platz zu nehmen. Es war sonst niemand in Sicht.

»Möchtest Du mir anvertrauen, was los ist? Wo Asja ist?«

»Nicht wirklich.«

»Okay, Du musst nicht.« Eine Weile saßen wir schweigend da. Ganz unter uns. Nicht mal Beo oder Yade waren anwesend.

»Asja ist verschwunden«, sagte ich schließlich.

»Okay?« Ich spürte seinen Blick.

»Sie ist mit einem gestohlenen Fahrrad in den Abdinger Wald gefahren. Auf Anrufe reagiert sie nicht. Meine Nachrichten empfängt sie nicht. Die Polizei sucht nach ihr. Aber wir wissen nicht einmal, ob sie noch lebt. Der Wald ist voller Funklöcher, wir können sie nicht orten, selbst wenn das Handy auf Empfang wäre.« Er schwieg. Ich fragte mich, ob er wohl besorgt dreinblickte, konnte meinen Blick aber nicht vom gefliesten Korridorboden ziehen. Alles schien erstarrt. Als hätte die Zeit beschlossen, eben Pause zu machen. Selbst die Klingel vermochte nicht, den Bann zu lösen.

Irgendwann sagte Martyn: »Wenn ich etwas tun kann …«

»Nein.« Ich seufzte. »Wir sollten zu Mathe gehen.« Und schweigend machten wir uns auf den Weg.

Der Tag schleppte sich dahin wie ein angeschossenes Reh. Und wie dieses Reh wünschte ich, es würde endlich enden.

Nach Philosophie nahm mich Herr Brate zur Seite. Lustlos schaute ich ihn an.

»Ich möchte Dir nicht zu nahe treten, meine liebe Penelope. Aber darf ich fragen, was mit Dir los ist? So niedergeschlagen habe ich Dich noch nie gesehen.« Ich versuchte, mir eine Geschichte einfallen zu lassen, aber mein Hirn war wie gelähmt. Stattdessen stellte ich eine Gegenfrage, um von mir abzulenken: »Warum nennen Sie mich eigentlich Penelope und nicht Kim? Das ist mein zweiter Name.« Er lächelte.

»Ich weiß. Es ist nur so … Mit Deinem Namen verbinde ich schreckliche Dinge … Dinge, über die ich nicht gerne nachdenke. Um das also zu vermeiden und um mein Bild von Dir nicht mit den unangenehmeren Stellen meines Lebens zu vermischen, weiche ich lieber auf ›Penelope‹ aus. Ich hoffe, es stört Dich nach wie vor nicht, wenn ich Dich so nenne?« Ich schüttelte den Kopf. »Nein, ist schon gut.«

Herr Brate legte eine Hand auf meine Schulter. »Aber es ist vorbeigegangen, meine Liebe. Die meisten Dinge gehen vorüber und sind bald nur noch verblassende Erinnerung; das jedenfalls habe ich aus meinen bescheidenen Erfahrungen mitgenommen. Selbst wenn es furchteinflößend und unüberwindlich erscheint … Doch würden nicht auch Narben bleiben, so würde ich Dich nicht ›Penelope‹ nennen.«

»Aber nehmen wir nicht auch etwas mit aus jedem Hindernis, das wir überwinden?« Ich klang wie ein Glückskeks von einem China-Imbiss.

»Ich denke schon.« Er lächelte. »Ich wünsche Dir viel Mut und Kraft, Dein Hindernis zu überwinden, Penelope.«

Aber ich fühlte mich nicht mutig. Ich war erschöpft. Erschöpft von der Angst, von der ständigen Sorge um Asja. Niemand hatte sie gefunden. In keinem der Orte war sie gesehen, aber auch eine Leiche war noch nicht entdeckt worden. Es blieb mir nur die Hoffnung. Und eine Begegnung ungewöhnlicher Natur …

Als ich nach dem Gespräch mit Herrn Brate das Schulgebäude verließ, die meisten anderen waren schon gegangen, holten mich die Wiesengrün-Zwillinge ein. Man kannte sie; in der Schule, in ganz Abdingen kannte man sie, denn sie waren der Mittelpunkt jeder Konversation, wenn sie einmal anwesend waren. Sie gehörten zu den wenigen Menschen, die keinen Hehl aus ihrer Gabe machten: Zwillingstelepathie, ein häufiges Phänomen bei Eineiigen. Ja, jeder kannte sie irgendwie, aber die wenigsten kannten sie gut. Ich gehörte nicht dazu.

»Hallo, Kim! Was dagegen, wenn wir Dich ein Stück begleiten?« Sie sprachen im Chor. »Wir haben von Asja gehört, von ihrer grässlichen Vergangenheit und ihrer Flucht vorgestern. Dann haben wir gesehen, dass Du Trübsal bläst und uns gedacht: Hey, lass uns ihr ein bisschen Trost spenden!« Ich musste unwillkürlich lächeln. Sie gingen links und rechts von mir, wie ich die Hauptstraße entlangschritt.

»Das ist nett von Euch, Jungs. Vielleicht tut mir etwas lockere Gesellschaft gerade ganz gut.«

»Super! Hast Du Lust, ins *Café Jakob* zu gehen? Wir zahlen. Dann können wir ganz entspannt über alles reden, was Du willst.«

»Okay.« Niemand war gefeit gegen die kollektive Heiterkeit der Wiesengrün-Zwillinge: Wo sie waren, schien die Sonne, egal wie viele Wolken sich am Himmel versammelt hatten. Ich spürte, dass Yade kurz davor war, sich zu zeigen, um mir ihre Meinung über die Zwillinge darzulegen, doch ich ließ sie wissen, dass es mir gerade herzlich egal war, wie ominös sie die beiden fand.

Sie sprachen über klassische Literatur, über Herrn Graal, den verbitterten Mathelehrer, über artgerechte Haltung von Kanarienvögeln, über die chinesische Ökonomie und über die Reinigung von Orgelpfeifen. Sogar über Fußball fielen ein paar Worte. Sie sprachen über alles Erdenkliche, nur nicht über Asja, und ich ließ mich dankbar auf die Gespräche ein, auch wenn ich nicht die geringste Ahnung von Kanarienvögeln hatte, genauso wie ich mich nicht auf Orgelpfeifen verstand.

»Das macht doch nicht, dafür ist ja unser Dad da. Der kennt sich genug aus für uns drei zusammen.« Wir saßen im Café. Ich umklammerte meinen Cappuccino und kam übers Lachen und Plaudern gar nicht zum Trinken. Die beiden wurden von allen im Café mit wohlwollenden Blicken bedacht, und sie grüßten in die Runde, als kennten sie jeden persönlich.

»Ihr kennt doch Martyn, oder?«

»Du meinst Martyn Deichsler? Klar kennen wir den. Cooler Typ. Warum?«

»Keine Ahnung, er hat mich mehrmals auf Asja angesprochen und … Weiß nicht, habt Ihr ne Idee, warum er sich so für sie interessiert?« Wenn mir jemand Auskunft darüber geben konnte, dann die Wiesengrün-Zwillinge. Sie überlegten. Der eine nahm einen Schluck von der Limonade, die sie sich teilten.

»Naja, das ist so ne Sache mit diesem Martyn …« Jetzt sprachen sie abwechselnd. »Einerseits ist er sehr mitteilsam und so …«

»… und andererseits halt auch nicht.«

»Genau. Er teilt nicht so viel über sich selbst mit, verstehst Du?«

»Aber wir glauben, er könnte einfach … naja, besorgt sein.«

»Genau, er hat sein Herz am rechten Fleck, so viel ist sicher.«

Ich rührte in meinem Kaffee. »Okay. Aber könnte es auch sein, dass er etwas weiß, das mir verborgen bleibt? Er wirkt auf mich irgendwie so …«

»Du, der weiß mehr, als man ihm so zutrauen würde.«

»Ja, er weiß voll Bescheid. Kriegt einfach alles mit.«

»Hm.« Nachdenklich rührte ich noch etwas Zucker in den Cappuccino. Dieser Typ kam mir immer suspekter vor.

Gerade als die beiden eine Kellnerin heranwinkten und ein Stück Kuchen bestellten, vibrierte kurz mein Handy, das vor mir auf dem Tisch lag. Ich hatte es auf Empfang geschaltet, falls es unerwartet Neuigkeiten geben sollte. Die beiden wandten sich wieder zu mir.

»Hey, alles okay?« Ich starrte auf die Nachricht von meiner Mom.

»Was ist los?«

Ich schluckte. »Ich muss gehen.« Meine Knie waren weich, als ich aufstand. »War wirklich schön mit Euch!« Als ich schon an der Tür war, rief ich: »Tut mir leid.« Die beiden wechselten einen ratlosen Blick.

Und als ich die Jakobinenstraße hinunterrannte, brach ich endlich in Tränen aus.

Kapitel XXIV

Und es lockt mich
mein Messer ins Dunkel

Als ich vor unserem Mietshaus ankam, wartete Mom schon im Auto auf mich. Sie hatte ihren Reha-Termin verschoben. Ich sprang auf den Beifahrersitz und sie gab schon Gas, bevor ich mich angeschnallt hatte.

»Das Krankenhaus ist in Benken«, erklärte sie, als sie die Hauptstraße entlangrauschte, gerade am Abdinger Hospital vorbei. »Asja wurde wohl schon vor vier Stunden eingeliefert, aber sie war bewusstlos und hatte keinen Ausweis oder was dabei. Zum Glück rief Lukas an, um auch die Krankenhäuser zu überprüfen, sonst hätten wir es womöglich erst sehr spät erfahren.«

»Aber was ist eigentlich passiert? Du hast nur geschrieben, sie sei im Krankenhaus und ich soll sofort nachhause kommen.« Moms Gesichtsausdruck verdüsterte sich und sie umfasste das Lenkrad fest mit beiden Händen, während wir Abdingen verließen. Es waren nicht viele Autos unterwegs. Der Himmel war weiß, und draußen war es weder warm noch kalt.

»Sie hat es getan.« Mein Herz sank in meine Bauchgegend. »Sie hat sich die linke Pulsader aufgeschnitten.« Ich hörte, wie sie mit den Tränen kämpfte. »Aber von dem, was ich verstanden habe, bereute sie es wohl sofort, und sie drückte die Wunde ab, doch sie konnte den Blutfluss nicht genug eindämmen. Also wählte sie den Notruf. Sie hatte Glück, dass sie sofort geortet werden konnte. Sie muss in ein Gebiet mit guter Verbindung gefahren sein. Ein Helikopter fand sie ohnmächtig, aber die Rettungskräfte konnten sie stabilisieren.«

Mein Inneres war wie betäubt. Asja hatte es wirklich getan. Das Unaussprechliche. Sie hatte es getan, und sie wäre fast gestorben. Dieses Bild tauchte vor meinem inneren Auge auf ... *wie sie auf dem Waldboden sitzt, gegen einen Baum gelehnt, die Beine ausgestreckt ... Lange die blitzende Klinge betrachtend ... die Gedanken paralysiert. Kein Funke Glück in Sicht. Keine Hoffnung, obwohl sie doch mich hat. Was hat Bettina getan? Oder hat sie sich von Asja wegschicken lassen? So wie ich mich von ihr hatte wegschicken lassen ...*

Wie Asja ihren Unterarm freimacht ... die Klinge noch in der linken Hand, mit der rechten nach der Pulsader am Handgelenk tastend ... lange ihr eigenes Leben erspürend, das Blut, das sie am Leben hält, wie es durch ihren Körper, unter ihrem Finger pulsiert ...

Ein letztes Mal hinauf zum Himmel blickt, eine gleißend graue Welt ...

Ein letztes Mal auf ihren Atem lauschend ...

Ein letztes Mal eine Brise auf der Haut spürend ...

Den Duft von Kiefern ...

Das Geräusch von Wind in Nadelbäumen ...

Den Geschmack der letzten Kippe noch im Mund ... bitter, abscheulich, lebendig.

Alles im Rausch, im Puls, den sie unter ihren Fingern spürt ... Zeige- und Mittelfinger ... kalte Finger auf warmer Haut ...

Wie sie langsam, geradezu feierlich die Klinge in die rechte Hand nimmt, das Metall auf ihr Handgelenk legt ... kalt auf warm ... Fluten von Schmerz in ihrem Herzen, Fluten von Leid und Trauer, die Tränen in ihre Augen treiben ...

Am Ende des Tunnels, voll Schwärze und Leid, wartet auf mich nur die Ewigkeit ...

Ein schreckliches Geheimnis, die dunklen, dunklen Lügen ... Sie würde es mit ins Grab nehmen, niemand würde je von ihrer Schmach erfahren ...

Jetzt oder nie –

RITZ!

Und ich schreckte zusammen, so wie man schweißgebadet aus einem Alptraum erwacht ...

Sie war blass. Der Arzt hatte gemeint, sie hätte viel Blut verloren, aber sie sah aus, als wär ein Vampir über sie hergefallen.

Beo hatte die Augen niedergeschlagen, sah fast aus, als betete er. Yade starrte abwechselnd in Asjas Gesicht und auf ihren verbundenen linken Arm – als könnte sie es genauso wenig fassen wie ich. Hätte sich ihre Brust nicht gehoben und wieder gesenkt, immer wieder, immer wieder, hätte man meinen können, sie wäre tot.

Mom sprach gedämpft mit dem behandelnden Arzt, aber ich konnte meinen Blick nicht von Asja wenden … Krankenhausgeräte piepten, auf dem Gang hinter der verschlossenen Tür herrschte reges Treiben, Wörter wie ›Blutspende‹, ›Autoaggression‹, ›Leukozyten‹ und ›Transfusion‹ stachen aus dem Gemurmel hervor – doch ich wandte meinen Blick nicht von diesem aschfarbenen Gesicht, das um hundert Jahre gealtert schien, gezeichnet vom Leben …

Ich strich ihr eine ungewaschene Haarsträhne aus der Stirn. Sollte es mich beruhigen, dass sie den Rettungsdienst gerufen hatte? War das ein Zeichen dafür, dass die Gefahr gebannt war? War jetzt alles vorüber? Würde sie mir in die Augen schauen, wenn sie erwachte, und mir endlich von ihrem Geheimnis erzählen, das sie fast umgebracht hatte?

Ein Teil von mir glaubte fest daran, doch es schien zu einfach, zu endgültig. Was durfte ich mir schon erhoffen von einem gescheiterten Selbstmordversuch?

Als es vor den Fenstern des Krankenzimmers schon dämmerte, ließ ich mir einen Stuhl bringen. Aber ich ließ Asjas Hand nicht los. Schließlich übermannte mich die Müdigkeit und ich schlummerte ein.

Eine endlose Gasse weinender Engel … und ihre Tränen fließen in einem Bach zusammen, und darauf treibt ein Boot gen Horizont

aus weißem Holz, und darin liegt Anastasias Körper, weiß wie das
Boot, gehüllt in weißen Leinenstoff. Er flattert in den seichten Bri-
sen, und ich kann das Boot nicht einholen, und ich rufe ihren Na-
men, doch sie treibt nur dahin, ohne Laut …

Ein Engel hebt seinen schönen Kopf. Er trägt fließendes wei-
ßes Haar, sein Gesicht ist jung und geschlechtslos. ›Lass sie gehen,
Penelope, lass sie ziehen, denn auf sie warten dort Unendlichkeit
und Ewigkeit. Lass sie gehn.‹

Und es tropfen also auch meine Tränen in den Fluss.

Die letzten Reserven ihrer Blutgruppe waren gerade aufge-
braucht, und es musste nach einem Spender für das seltene
AB-positiv gesucht werden. Bald wurde einer gefunden,
und Asja konnte aufgeweckt werden. Aber sie war weniger
zu reden bereit, als ich gehofft hatte.

»Kim, bitte. Ich will jetzt nicht mit Dir reden. Ich brauche
Zeit.«

Ich senkte den Kopf. »Okay. Ich lass Dich allein. Aber
wenn Du mich brauchst … sag einer Schwester Bescheid, ich
werde das Krankenhaus nicht verlassen.« Sie lächelte
schwach und schloss die Augen, als ich Yades Proteste ignorierte und aus dem Krankenzimmer auf den Korridor trat.
Im Warteraum saß außer Mom nur eine betagte Dame mit
einer Augenklappe und spielte an ihrem Handy herum. Ich
ließ mich neben Mom in einen Stuhl sinken.

»Was hat sie gesagt?«

»Sie braucht Zeit für sich.«

»Natürlich.«

Ich beugte mich vor und verbarg mein Gesicht in den Händen.

»Das Schlimmste ist überstanden, Kim. Was immer es ist,
was sie so fertig macht, sie wird es Dir sicher bald verraten.«
Zu gern wollte ich ihr glauben, aber ich brachte es nicht
übers Herz. Ich wollte mir keine falschen Hoffnungen auf-
bauen. Es war schwer genug, sie leiden zu sehen.

Eine Weile saßen wir schweigend nebeneinander. Yade ging im Wartezimmer auf und ab; Beo saß auf einem der Stühle und beobachtete sie versonnen.

Ein Arzthelfer kam herein. Halb stand ich auf, in der Hoffnung, Asja wolle mich sehen, doch er rief nur die Frau mit der Augenklappe auf. Jetzt waren wir unter uns.

»Kim!« Yade blieb abrupt stehen, der Blick auf dem Gang. »Da ist Martyn!« Ich sprang auf.

»Was ist los?«, fragte Mom.

»Bin gleich zurück.« Ich lief auf den Korridor, schaute nach links, nach rechts – da: Martyns maßgeschneiderter Anzug. Ich holte ihn ein.

»Was machst Du hier?« Er schaute sich zu mir um.

»Oh, hey!« Wir blieben stehen. Yade funkelte ihn an, ich tat es ihr gleich. »Also …« Er sah aus, als würde er sich bemühen, eine plausible Geschichte zu erfinden. »Also …«

»Sag die Wahrheit!« Er seufzte. »Asja hat mir eine Nachricht geschickt. Sie will mit mir sprechen.« Ich starrte ihn an. Eine Krankenschwester schob sich an mir vorbei.

»Mit DIR?« Martyn kratzte sich am Hinterkopf und grinste verlegen.

»Naja, weiß auch nicht. Das hat sie mir geschrieben …« Ich schüttelte langsam den Kopf. Es ergab keinen Sinn. Überhaupt keinen Sinn.

»Warum sollte sie mit DIR sprechen wollen? Ihr kennt Euch doch fast überhaupt nicht, und mich hat sie rausgeschmissen. Sie hat gesagt, sie will Zeit für sich …«

»Ja, keine Ahnung …« Er mied meinen Blick.

»Du lügst! Sag mir, was da läuft! Habt Ihr etwa eine heimliche Beziehung?« Ermattet ließ Martyn den Kopf hängen.

»Hör mal, lass mich erstmal mit ihr reden. Danach kann ich Dir vielleicht mehr verraten. Ich frag sie, wie viel ich Dir sagen darf.« Ich schüttelte fassungslos den Kopf.

»Was zum Teufel ist hier los?«, meinte Yade.

»Also gut. Ich bin im Wartezimmer. Aber stiehl Dich später nicht davon, bevor Du mir Rede und Antwort gestanden hast!«

»Versprochen.« Finster blickte ich ihm hinterher, als er um die Ecke bog.

Ja: Was zum Teufel war hier los?

Kapitel XXV

DOCH AM ENDE DES TUNNELS

Also wartete ich. Yade ging noch forscher auf und ab. »Ich kann mir einfach keinen Reim darauf machen, dass Asja Martyn sprechen will. Warum? Was hat Martyn mit Asja zu schaffen? Er hat Dir ja schon so seltsame Fragen über sie gestellt … hat sich nach ihr erkundigt … Was läuft da? Ich bekomms einfach nicht raus!«

»Beruhige Dich.« Beo schmunzelte. Gemütlich saß er in einem der Stühle. »Warte doch einfach, bis er zurückkommt. Womöglich ist die Lösung ganz harmlos.«

»Du bist ein hoffnungsloser Schönmaler, hat man Dir das schonmal gesagt?« Beo gluckste. »Und Du bist eine Hysterikerin. Warum schaffst Du es nicht, Dich zu entspannen?« Doch auch ich saß auf der Stuhlkante und kaute auf meiner Unterlippe wie eine Weltmeisterin.

»Was ist los, Kim?«, fragte Mom abermals. »Willst Du mir wirklich nicht sagen, wen Du auf dem Gang getroffen hast?«

»Kennst Du sowieso nicht.« Sie seufzte und wandte sich wieder ihrer Lektüre zu. Im Zehn-Sekunden-Takt blätterte sie eine Seite um. Mit ihrer Lesebrille sah sie fast aus wie meine Deutschlehrerin. Nur der strenge Dutt fehlte.

»Kim!«, rief Yade. Martyn kam herein.

»Lass uns draußen spazieren gehen.« Ich wechselte einen Blick mit Yade.

»Ich bleib im Krankenhaus. Bei Asja –«

»Es ist ihr Wunsch, dass wir das tun.« Verwirrt stand ich auf.

»Kim, was –?«

»Schon gut, Mom, ich komm wieder.« Und ich folgte Martyn die Korridore entlang. Ich hatte Mühe, mit ihm Schritt zu halten. »Musst Du so rennen?«

»Tschuldige.« Er wurde etwas langsamer.

»Bist Du nervös?« Ich hatte ihn noch nie so angespannt erlebt. Immer war er gesammelt und gelassen. Ich konnte nicht abwarten zu erfahren, was Asja ihm gesagt hatte.

Er hielt mir die Tür auf und ich ging ihm voran ins Freie. Das Krankenhaus lag direkt an einem Park, durch den sich ein kleiner Bach schlängelte. Martyn strebte darauf zu. Nur wenige Menschen waren unterwegs.

»Magst Du mir jetzt endlich erklären, was das alles soll?« Ärgerlich lief ich neben ihm einher. Ich fühlte mich betrogen, weil Asja mit Martyn sprach und nicht mit mir. Er schaute zu mir herunter. Um fast einen Kopf überragte er mich.

»Ich kenne Asjas Geheimnis.«

»WAS!?« Ich blieb stehen. Er drehte sich zu mir um. »Schon seit einer Weile.«

»Willst Du mich verarschen? Asjas Geheimnis? Soll das hier ein bescheuerter kleiner Scherz sein? Das ist nicht lustig!« Martyn nickte. Todernst.

»Nein, ist es nicht. Es ist alles andere als lustig, und ich möchte, dass Du mir vertraust. Ich kann Dir ihr Geheimnis nicht verraten, das habe ich ihr versprochen.«

Ich schüttelte den Kopf. Meine Gedanken schwirrten wie ein aufgeschreckter Vogelschwarm.

»Also – Du … Woher?!«

»Komm, lass uns ein Stück gehen.« Widerwillig setzte ich mich in Bewegung.

»Ich weiß es eigentlich schon, seit ich Asja kenne. Sie hat es mir nicht verraten. Sie hat es bislang nur einer Person verraten, aber die ist tot.«

»Ihrer Mutter?«

»Ich kann es Dir nicht sagen. Irgendwann wirst Du es erfahren. Asja hat gemeint, sie brauche nur Zeit, aber irgendwann wird sie Dir ihr Geheimnis anvertrauen. Das habe ich ihr ans Herz gelegt.«

»Und seit wann weiß sie, dass Du es weißt?« Martyn schluckte.

»Sie weiß es seit gestern.«

»Was!?«

»Weißt Du noch, wie Du mir von Asjas Flucht erzählt hast, und dass man sie nicht finden kann? Mir war sofort klar, dass ich etwas tun musste. Also hab ich ihr eine Nachricht geschrieben. Und hätte ich es nur eine Minute später getan, wäre sie verblutet.«

Mir stockte der Atem. Es war, als hätte jemand mein Gehirn einmal herausgenommen und um hundertachtzig Grad gedreht wieder eingesetzt.

»Es ist ein Wunder. Meine Nachricht erreichte sie gerade, als sie sich ihre Pulsader aufgeschnitten hatte.«

»Du machst Witze.«

»Sie meint, dass es an Unmöglichkeit grenzt, dass sie es gelesen hat. Das Handy lag vor ihr im Gras. Sie hatte es dorthin geworfen. Es war noch auf Empfang, weil sie Dir wohl eine E-Mail geschrieben hatte. Einen Abschiedsbrief.« Ein kalter Schauer lief über meinen Rücken. »Sie war bereit, zu sterben, Kim. Blut sprudelte, aus ihrem Arm. Da erschien meine Nachricht und sie griff nach dem Handy, fast wie durch fremde Hand geleitet. Ich schrieb sowas wie: ›Asja! ich kenn Dein Geheimnis. Ich kann Dir helfen, aber bring Dich nicht um.‹«

»Und dann hat sie die Blutung zu stoppen versucht und den Notarzt gerufen?«

»So hat sie es mir erzählt.« Ich wechselte einen Blick mit Yade. Ihre Augen waren ebenso geweitet wie die meinen. Beo hatte seine Stirn in Falten gelegt.

»Und als sie aufgewacht war, hat sie Dir geschrieben, Du sollst kommen?«

»Genau. Ich bin sofort mit dem Fahrrad nach Kempen los. Ich hatte bis dahin natürlich nichts von ihr gehört und wusste nur, dass sie meine Nachricht gelesen hatte.«

Das musste sacken. Eine Weile gingen wir schweigend nebeneinander. Schließlich sagte er: »Kim, ich werde Dir jetzt meine Gabe verraten.« Ich stoppte. Ernst schaute er mich an.

Ich hätte ihn wegen Vergewaltigung anzeigen können, hätte er mir seine Gabe ohne meine Einwilligung anvertraut.

»Okay. Du hast mir jetzt einiges Verrücktes erzählt, und ich glaube, ich vertraue Dir. Aber warum um alles in der Welt –«

»Asja will es so. Ich habe es auch ihr gesagt – sagen müssen, denn meine Gabe ist der Grund, weshalb ich überhaupt hinter Asjas Geheimnis gekommen bin.«

»Aber was ergibt es für einen Sinn, sie mir zu sagen?« Natürlich war ich neugierig, und ich spürte, dass Yade und Beo es ebenfalls waren. Aber die plötzliche Wendung war irgendwie verstörend.

»Asja meint, es sollte ein Dreiecks-Vertrauen zwischen uns geben, bevor sie Dir etwas sagen kann. Und ich stimme ihr zu.«

»Okay … Aber muss ich Dir dann auch meine Gabe offenbaren?«

»Du musst überhaupt nichts. Aber das ist auch gar nicht nötig, denn ich kenne Deine Gabe bereits.«

»WAS!? Hat Asja –«

»Beruhige Dich. Asja kann nichts dafür. Nein, das ist meine Gabe.« Ich starrte ihn an. Yade tat es mir gleich. Beo strich sich übers Kinn.

»Du … kennst die Gaben der anderen?« Martyn nickte ernst. »Du … kennst die verdammte Gabe von jedem einzelnen Menschen?« Ich schüttelte den Kopf. Mir wurde schlecht. »Wie krank ist das denn!?« Ich konnte mich nicht bremsen, auch wenn ich gerade seine Gabe beleidigte, was ebenfalls einen Strafbestand darstellte.

»Wenn ein Wildfremder auf Dich zukommt, siehst Du also nicht bloß seine blöde Fresse, sondern kennst auch einfach sein intimstes Geheimnis?«

»Ja.« Ich konnte nicht aufhören, den Kopf zu schütteln.

»Aber ...« Yade blickte misstrauisch zwischen ihm und mir hin und her. »Siehst Du uns?« Martyn wandte sich ihr zu. »Ja, ich kann Euch sowohl sehen als auch hören.«

»Das GIBT es doch nicht!« Ich weinte fast. »Das ... das gibt es einfach nicht!« Ich hatte noch nie von so einer Gabe gehört, hatte sie mir noch nicht einmal vorgestellt. Es war so unerhört ... so unerhört, dass mir die Worte fehlten.

»Kim, ich verstehe, dass Du aufgebracht bist. Daran bin ich gewöhnt. Aber ich versichere Dir, dass ich so verantwortungsvoll damit umgehe wie –«

»Wie kannst Du sowas nur sagen!? Hätte ich die Gabe, durch jedes Kleidungsstück hindurchzusehen – wie sollte ich damit denn verantwortungsvoll umgehen? Es wäre per se schon ein Vorstoß in die Privatsphäre. Ich kann höchstens vermeiden, anderen von dem zu erzählen, was ich sehe, aber –«

»Kim, es ist wirklich hart, diese Gabe zu besitzen. Ich bin dazu verdammt, ein Außenseiter zu sein. Ich kann nicht wegsehen. Die Gabe eines anderen springt mir ins Auge wie eine krumme Nase. Ich kann nichts dafür. Weißt Du, wie das ist? Wie es ist, das Intimste einer jeden Person zu erfahren, ohne etwas dagegen tun zu können?«

Ich senkte den Kopf. Jetzt tat es mir leid, ihn so angefahren zu haben.

»Also, Martyn.« Yade schaltete sich wieder ein. »Ich nehme an, Deine positive Einstellung anderen Menschen gegenüber kommt nicht von ungefähr? Schließlich ist heute der erste Tag, an dem wir Dich so bitterernst erleben.«

Er rang sich ein kleines Lächeln ab. »Naja ... Auf der anderen Seite hat mir diese Gabe auch zu einer Menge Respekt vor dem menschlichen Wesen verholfen. So ist das, wenn Du tagtäglich siehst, wie junge Leute sich in der Schule abrackern, während die unglaublichsten Potentiale in ihnen schlummern. So begegne ich jedem Menschen mit Respekt, und das lieben sie. Ich komm gut mit den anderen aus. Aber gleichzeitig schotte ich mich ab, weil diese einseitige Intimität eine Freundschaft auf lange Zeit unmöglich macht. Ich habe diese Erfahrung gemacht. Es ist furchtbar.«

»Das glaube ich«, meinte Beo. »Du kannst es dem anderen zu Beginn der Freundschaft nicht verraten, weil es zu persönlich wäre. Doch wenn Du ihm erst nach ein, zwei Jahren gestehst, dass Du all die Zeit über seine Gabe kanntest, würde das die Freundschaft ziemlich sicher zerstören. Folglich gehst Du jeder Beziehung, die irgendwann tiefer reichen könnte, aus dem Weg, und das muss schrecklich sein …« Martyn nickte schwer. »Du hast es erfasst.«

»Aber jetzt, da Du Kims Gabe so gut kennst«, warf Yade ein, »können wir Dir ein paar Fragen zu Deiner stellen?«

»Nur zu.«

»Musst Du jemandem persönlich begegnen, um seine Gabe zu sehen, oder würde zum Beispiel ein Foto reichen?« Er lächelte. »Es sind die Augen. Wenn ich einer Person in die Augen blicke, und das geschieht früher oder später immer, sehe ich ihre Gabe, egal ob direkt oder auf einem Foto. Ich arbeite für die Polizei, für die Registrierung der Gaben der Häftlinge. Viele Gaben können nachgewiesen werden, die extrovertierten, wie man sie nennt, und ich werde konsultiert, wenn die Polizei einen Beweis bei den introvertierten braucht, da sie sich auf die Aussage der Verbrecher nicht verlassen kann. Ich bin nicht der Einzige mit dieser Gabe. Aber ihre Existenz wird geheim gehalten, um nicht die Gabenparanoia der Menschen noch zu befeuern. Ich habe befunden, dass Du vertrauenswürdig bist, liebe Kimberley, und ich hoffe, ich kann auf Dich zählen.«

»Martyn.« Ich runzelte plötzlich die Stirn. »Du hattest doch gemeint, Du wüsstest aufgrund Deiner Gabe um Asjas Geheimnis … Also stimmt etwas mit ihrer Gabe nicht? Hat sie mich etwa all die Jahre darüber belogen?!« Das würde auch erklären, warum Sascha Buschbrandts Lokalisation missglückt war.

»Ich kann Dir wirklich nicht mehr verraten als das. Wenn Du –«

»Wie kann sie mich nur darüber belügen?!« Ich war völlig fertig. Alles, was Asja und mich verbunden hatte, schien sich in Luft aufzulösen.

»Bitte, Kim, mach ihr keinen Vorwurf. Sie hat es schon schwer genug.«

»Welche Gabe könnte denn so schrecklich sein, dass sie mich anlügen müsste? Ich kann mir nicht vorstellen, dass –« Ich stockte. Martyn blickte mir in die Augen. Ein Gedanke stieg in mir auf – ein furchtbarer Verdacht.

Und alles würde endlich Sinn ergeben …

Kapitel XXVI
VOLL SCHWÄRZE UND LEID

»Warte! Wo willst Du hin?« Ohne ein Wort war ich umgekehrt und losgerannt. Sollte mein Verdacht zutreffen, brauchte Asja jede Unterstützung, die sie bekommen konnte.

»Warum rennst Du auf einmal so?« Martyn folgte hinter mir.

»Ich glaube, sie hatte einen Einfall«, meinte Beo, der mir ebenfalls hinterherhastete.

»Kim!«, rief Yade. »Willst Du es uns nicht sagen?« Das wollte ich nicht. Martyn sollte nicht in die Verlegenheit kommen müssen, es mir zu bestätigen. Er hatte mir zwar die entscheidenden Hinweise gegeben, aber noch hatte er sich nicht des Vertrauensbruches schuldig gemacht.

Ich stürmte durch die Korridore des Krankenhauses, die Zurechtweisungen der Schwestern ignorierte ich. Es war jetzt alles egal. Nur Asja zählte und ihre dunklen, dunklen Lügen.

»Asja!« Ich platzte in ihr Zimmer. Die Schwester, die sie gerade untersuchte, schreckte hoch, aber Asja lag da, als hätte sie mein Kommen erwartet.

»Um Himmels Willen«, schimpfte die Schwester, »Sie können doch nicht so einfach –«

»Bitte! Könnten Sie uns alleinlassen? Wir müssen etwas unter uns besprechen.«

»Aber –«

»Bitte!«

»Na schön. Ich seh später nochmal nach Dir.« Sie wackelte hinaus. Ich vergewisserte mich, dass die Tür geschlossen war. Nur wir fünf waren jetzt im Zimmer.

»Asja!« Ich trat näher an ihr Bett heran. Müde begegnete sie meinem Blick. »Du musst mir jetzt die Wahrheit sagen.

Martyn hat mir Dein Geheimnis nicht verraten, nur dass seine Fähigkeit, anderer Leute Gabe zu sehen, ihn darauf gebracht hat. Ich habe eine Vermutung, was es ist, Asja, und Du musst mir versprechen, dass Du mir wahrheitsgetreu antwortest, ob ich Recht habe!« Sie lächelte schwach.

»Ich hatte gehofft, immer gehofft, Du würdest irgendwann selbst darauf kommen. Deswegen habe ich Martyn Dir auch das alles erzählen lassen. Du hast mir immer wieder gesagt, dass, egal, was mich belastet, Du zu mir halten würdest. Aber ich konnte es einfach nicht über mich bringen. Wenn Du mir nun versprichst, dazu zu stehen, dann gebe ich auch meinerseits das Versprechen ab, endlich die Wahrheit zu sagen.« Mir brannten Tränen in den Augen, mein Herz schlug wie wild.

Asja wirkte so erschöpft, so abgekämpft. Ihr Geheimnis hatte sie bis ans Äußerste gebracht.

»Natürlich verspreche ich es Dir! Nichts kann uns trennen – schon gar nicht das, wovon ich vermute, dass es die Quelle allen Übels ist.«

Asja nickte. Sie schniefte. »Dann verspreche ich Dir, die Wahrheit zu sagen. Wenn Du richtig liegst, werde ich alles erklären. Wenn Du falsch liegst …« Ich war mir jetzt so sicher, die Antwort zu kennen, dass ich mir darum keine Sorgen machte.

»Asja«, sagte ich und blickte ihr fest in die Augen. »Stimmt es, dass Bettina nicht existiert?« Sie nickte. »Und stimmt es, dass Du nicht die gleiche Gabe hast wie ich?« Wieder ein Nicken. »Und stimmt es, dass Du tatsächlich über gar keine Gabe verfügst? – Bist Du gabenlos?«

Sie schloss die Augen – ob vor Schmerz oder Erleichterung … vielleicht war es beides –, dann nickte sie.

»Oh, Asja!« Ich griff nach ihrer Hand. Yade hatte sich eine vor den Mund geschlagen, Beo beobachtete uns ernst, als hätte er es die ganze Zeit gewusst.

»Asja, warum hast Du nie etwas gesagt?« Tränen flossen unser beider Wangen hinab.

»Ich konnte nicht. Als wir klein waren und Du mir von Beo erzählt hattest, wollte ich auch so sein wie Du und hab mir Bettina ausgedacht. Ich konnte damals nicht absehen, welche Folgen diese eine kleine Lüge haben würde. Auch meinen Eltern habe ich diese Geschichte erzählt, und eine Zeit kümmerte es mich nicht, Euch anzuschwindeln. Im Gegenteil, es war aufregend. Doch irgendwann wurde diese Lüge immer schwerer und schwerer, und ich wusste, dass ich sie nicht zurücknehmen konnte. Immer mehr hing daran: Ich belog meine Eltern, meine beste Freundin, meine Talentologin … Ich machte mir selbst vor, mich irgendwann zu outen, doch ich brachte es nie über mich. Mom starb im Glauben, meine Gabe zu kennen.« Sie schluckte.

»O Asja!« Ich drückte ihre Hand so fest, dass es ihr gerade so nicht die Knochen brach.

»Das ist aber noch längst nicht alles. Das Schrecklichste ist, dass ich meinen Onkel post mortem beschuldigte, mich missbraucht zu haben.«

»Was!?« Ich starrte sie an, voller Entsetzen.

»Er hat mich nie auch nur berührt. Ich konnte ihn nicht ausstehen, er war widerlich und schickte mich immer um sieben Uhr ins Bett, damit er in Ruhe fernsehen konnte. Aber er war nicht der Grund, weshalb es mir immer und immer schlechter ging. Und als er starb, war ich nicht gerade traurig darüber. Aber noch schlimmer.« Asja starrte ihre Fußspitzen an, die unter der weißen Krankenhausdecke emporragten. Ihre Augen waren feucht, ihre Stimme angestrengt vom Zurückhalten der Tränen.

»Immer wieder fragte mich Mom, was mit mir los sei. Und Du auch, Kim, und die Lehrer und meine Talentologin und alle … Ich ließ mir immer irgendeine dumme Ausrede einfallen. Ich wusste aber, dass man mir so irgendwann auf die Schliche kommen würde. Als Fillipp starb, kam mir dann diese Idee. Diese teuflische, teuflische Idee. Furchtbar. Ich weiß nicht, wie ich es je wiedergutmachen soll. Ich wusste, dass er Hypnotiseur war. Meine Mom konnte ihn nicht ausstehen und rief ihn nur an, um mich zu betreuen, wenn es wirklich nicht anders ging. Keine große Überraschung also für sie, als ich ihr erzählte, wozu er mich jedes Mal gezwungen hätte. Es war perfekt. Niemand konnte meine Lüge nachweisen und es war ein Paradebeispiel für die Ursache einer Depression. Zuerst sah ich als einzigen Nachteil, dass Mom versuchte, eine Therapie für mich zu finden. Ich wusste, dass es nichts bringen und sie ihr Geld verschwenden würde, also redete ich es ihr aus. Aber nach und nach suchten mich die schrecklichsten Gefühle von Schuld heim. Obwohl ich Fillipp gehasst hatte, war er doch unschuldig. Ich hatte einen unschuldigen Mann der Kindesmisshandlung und des Gabenmissbrauchs bezichtigt. Und ich konnte es nicht rückgängig machen, ohne dass meine Lügen ans Tageslicht kämen.«

»Die Blumen.« Sie schaute zu mir auf. »Die weißen Blumen … Reinheit und Unschuld … sie waren von Dir.« Asja nickte.

»Ich habe sein Grab häufig besucht. Es war keine Wiedergutmachung, aber ein wenig hat es mir doch geholfen, Versöhnung damit zu finden.« Sie schluckte schwer. »Ich hasse mich dafür. Für meine Lügen, meinen Verrat. Für das Beflecken von Fillipps Namen. Er hat es nicht verdient. Niemand hätte das verdient.«

»Asja«, ich drückte ihre Hand, »auch wenn es mich tief trifft – ja, ich will es nicht leugnen –, trotzdem kann ich Dir verzeihen. Ich habe es Dir versprochen. Ich habe es mir versprochen. Ich werde Dein Leben nicht noch schwerer machen, als es ohne Gabe ohnehin schon ist. Ich werde Dich nicht verlassen, auch wenn Du mich anlügst, seit wir uns kennen, und unsere Gabenpatenschaft eine unfreiwillig einseitige war. Nichts läge mir ferner, als Dich jetzt im Stich zu lassen.« Sie konnte ihre Tränen nicht mehr zurückhalten. Sie tropften wieder in ihr dunkles Haar und auf das weiße Kissen.

»Kim, Du ahnst nicht, wieviel mir das bedeutet.«

Eine Weile standen wir so da. Martyn hielt respektvollen Abstand, auch Yade kamen die Tränen und Beo hatte den Kopf gesenkt und lächelte. Die Kraft der Vergebung spürten wir alle – wie ein unsichtbares Energiefeld, das unsere Herzen durchdrang.

Irgendwann kam mir etwas in den Sinn.

»Asja. Martyn hatte gemeint, Du hättest Dich bisher nur einer Person anvertraut. Darf ich fragen, wem?« Sie nickte und wischte sich mit dem Ärmel ihres sterilen Krankenhaushemdes die Schläfen trocken.

»Es war Herr Kasper.«

»Was?!« Ich riss die Augen auf.

»Naja. Ich fühlte mich schon immer irgendwie verbunden mit ihm. Ich wusste nicht, woran das lag, doch dann hörte ich, wie jemand munkelte, Herrn Kaspers Unsicherheit rühre daher, dass er keine Gabe besitze. Das erklärte alles, und der Gedanke daran, mich ihm zu öffnen, ließ mich nicht mehr los. Eines Tages nahm ich all meinen Mut zusammen und klopfte in der Pause an seiner Bürotür. Als er ›Herein!‹ rief, wollte ich schon einen Rückzieher machen, doch ich riss mich zusammen. Also fragte ich ihn, geradezu unverblümt, ob meine Vermutung stimmt. Es war fast so, wie Du es heute getan hast. Ich habe keine Ahnung, wie ich darauf kam, dass er mir seine Gabe anvertrauen würde, aber ich musste wohl so aufrichtig interessiert und besorgt gewirkt haben, dass er sich dazu durchrang. Womöglich hatte er ebenfalls diese Solidarität zwischen uns gespürt. Keine Ahnung. Als er sich mir jedenfalls öffnete und ich ihm meinerseits mein bedrückendes Geheimnis anvertraute, schuf das eine unglaubliche Verbindung zwischen uns. Ich lernte ihn auf eine Weise kennen, wie es nur der Gabenpate eines Gabenlosen vermag.

171

Unter der ängstlichen, verletzlichen Schicht steckte ein Genie sondergleichen, ein wahres Wunderkind der Naturwissenschaften. Er hätte sicher auf spektakulärste Weise den Nobelpreis erhalten und die Welt um grundlegende Erkenntnisse bereichern können, doch er beschied sich damit, als Lehrer zu arbeiten. Mehr traute er sich nicht zu, und das nur, weil er über keine distinkte Gabe verfügte. Er zeigte mir zwar, dass man keine Gabe benötigt, um brillant zu sein, aber auch, wie einschüchternd es ist in einer Welt der Gaben. Ich fragte ihn, warum er nicht einfach sein großes naturwissenschaftliches Verständnis als seine Gabe verkaufte, doch er meinte, das könnte er nicht mit seinem Gewissen vereinbaren, und ich verstand ihn, setzte mir meine eigene Lüge doch so sehr zu.

Unsere Treffen waren immer ein Trost für mich, eine Energiequelle, ein Rückzugsort, an dem ich sein konnte, wer ich war. Wir erzählten allen, er würde mir nur Nachhilfe geben, und man ließ uns in Frieden. Aber eines Tages ...« Jetzt kämpfte sie gegen einen neuerlichen Kloß im Hals. Ich wappnete mich für die schreckliche Wendung in Herrn Kaspers Leben, wie Asja sie erlebt hatte.

»Eines Tages, und ich habe keine Ahnung, wie das rauskam, wusste auf einmal jeder von seiner Gabenlosigkeit. Es war seine Apokalypse. Herr Kasper brachte es nicht fertig, das Gerücht als Lüge abzutun. Er wollte sich nicht mehr mit mir treffen, und womöglich dachte er, ich hätte ihn verraten ... Vielleicht wollte er mich auch einfach nicht mit reinziehen. Hätte ich aber gewusst, was dann kommen sollte, hätte ich darauf bestanden, ihm zu helfen. Er erhängte sich in seiner Wohnung, keine Woche nachdem sich die Geschichte verbreitet hatte.« Sie schluchzte. »Es war der schlimmste Schlag meines Lebens. Nicht nur, dass mein einziger wahrer Gabenpate sich umgebracht hatte und ich wieder vollkommen allein war, nein: Es zeigte mir auch mit brutalster Deutlichkeit auf, zu welchem Punkt einen die

Gabenlosigkeit treiben kann. Ich hatte panische, traumatische Angst davor, dass irgendwer von *meinem* Geheimnis erfuhr. Ich wollte nicht mehr in die Schule, gab vor, Vergewaltigungen in meiner Kindheit wären der Grund für meine schweren Depressionen – doch irgendwann verdrängte ich diese Gefühle, sperrte sie in Verliese tief in meiner Seele. Denn ich wollte keine Therapie, die mich unerbittlich an meine Fehler und meine Lügen erinnert und Mom das Geld für nichts aus der Tasche gezogen hätte. Mom … sogar meine Mutter belog ich. Und als sie starb, konnte ich es ihr nicht mehr sagen, denn es geschah alles so plötzlich und …« Sie konnte nicht mehr sprechen. Mit geschlossenen Augen schüttelte sie nur den Kopf vor Reue, Leid und Scham. Und ich hielt ihre Hand.

Goldenes Abendlicht fiel ins Zimmer. Vögel sangen in den Bäumen des Parks vor ihrem Fenster.

Kapitel XXVII

ALL DIE PRACHT UND DIE HERRLICHKEIT

Der Tag, an dem Asja entlassen wurde, war einer der letzten schönen Tage des Jahres. Die herbstbunten Baumkronen des Parks leuchteten im Morgenlicht, Tautropfen glitzerten im Gras, und obwohl es schon Mitte November war, schien die Sonne in aller Wärme.

Asja schwächelte noch ein wenig, als wir durch die Glastür ins Freie traten; wir kamen nur gemächlich voran. Martyn verabschiedete sich auf dem Parkplatz und wollte schon zu den Fahrrädern verschwinden, als Asja ihn zurückrief: »Hey, Martyn! Hast Du heute Abend Zeit? Ich dachte, wir könnten im *Toscano* essen gehen.« Mom hob die Brauen.

»Im *Toscano*?« Bei diesem Italiener handelte es sich um ein Schachtelrestaurant: Jeder Tisch war von einer schalldichten Wand umgeben, sodass man sich ungestört und ungehört über vertrauliche Dinge wie Gaben unterhalten konnte. Asja hatte beschlossen, jetzt auch meinen Eltern ihre Gabenlosigkeit anzuvertrauen. Martyn war allerdings noch nicht eingeweiht gewesen. Er war zwischendurch zurück nach Abdingen geradelt, um nicht zu viel Unterricht zu verpassen. Erst heute war er zurückgekommen, um Asjas Entlassung beizuwohnen. Sie hatte ihn darum gebeten – immerhin hatte er ihr das Leben gerettet.

Jetzt nickte er. »Alles klar. Neunzehn Uhr?« Asja zeigte ihm den Daumen und vergnügt schlenderte er in seinem maßgeschneiderten Anzug davon.

»Das ist doch okay für Dich, oder?« Mom blinzelte. Dann strahlte sie. Es war das erste Mal, dass Asja sie geduzt hatte.

»Natürlich, mein Schatz.« Asja hatte mich extra dazu befragt, ob meine Eltern diesen Samstag schon etwas vorhatten. Jetzt wechselte sie einen verschmitzten Blick mit mir.

Das *Toscano* war gut besucht, die meisten Türen am schmalen, dämmrig erleuchteten Gang waren verschlossen. Ein Kellner geleitete uns in unsere reservierte Kabine und schloss die Tür hinter sich. Die Karten lagen schon auf dem Tisch.

»Darf es schon etwas zu Trinken sein?«, fragte er mit italienischem Akzent. Wir bestellten und er fragte uns, ob wir mit dem Ablauf in einem Schachtelrestaurant vertraut waren. Wir bejahten und er verließ die Kabine, wobei er die Tür sorgfältig hinter sich zuzog.

Als er fünf Minuten später klopfte und unsere Getränke hereinbrachte, hatten wir bereits unsere Speisen gewählt. Wir gaben unsere Bestellung auf und er verschwand. Neugierig wandte sich Mom zu Asja um.

»So, ich nehme an, Du wirst uns jetzt erklären, warum Du Dir ausgerechnet ein Schachtelrestaurant ausgesucht hast, um Deine Genesung zu feiern? Und außerdem, wer dieser schicke junge Mann hier neben mir ist.« Martyn schmunzelte. Auch Asja grinste und lehnte sich mit ihrer Cola auf der gepolsterten Bank zurück. »Ja, das ist eine gute Frage. Zuallererst: Dieser junge Mann hat mein Leben gerettet.« Mom verschluckte sich an ihrem Wein und Dad klopfte ihr auf den Rücken. »Wie bitte?« Asja legte den Hergang dar.

»Ja, und ich möchte also, dass Ihr beide heute ebenfalls erfahrt, was mein Geheimnis war. Was meine Gabe ist. Was mich so fertiggemacht hatte.«

Mom hatte feuchte Augen bekommen. Ein seltenes Phänomen bei ihr. »Oh, Schatz, das bedeutet mir wirklich viel.« Dad lächelte versonnen. »Natürlich werden wir im Gegenzug auch unsere Gaben offenbaren.«

Martyn meldete sich zu Wort: »Vielleicht sollte ich der Fairness halber zuerst meine Gabe verraten.« Alle blickten zu ihm. »Ich weiß, wir kennen uns kaum, aber Asja und ich haben uns vorhin, als Sie nach einem Parkplatz gesucht haben, das erste Mal geküsst. Und da wir schon Gabenpaten waren, bevor Kim Asjas eigentliche Gabe kannte –«

»Warte, was?« Mom wandte sich entsetzt mir zu. »Ich dachte –«

»Mom, Du wirst alles verstehen, wenn Asja es erst einmal erklärt hat.«

Asja lächelte. Dann erzählte sie alles. Und während sie erzählte, wurden Dads Augen immer größer und Moms Augen immer feuchter. Als sie auch Martyns Gabe offenbarte, um darzulegen, wie er ihr Geheimnis hatte kennen können, wischte Mom sich die Augen und sah ihn an. »Du hast ihr wirklich das Leben gerettet!« Und bevor er wusste, wie ihm geschah, umarmte sie ihn. Als sie sich löste, hauchte sie »Oh, Asja!« und griff über den Tisch nach ihrer Hand. Lange schwiegen wir daraufhin.

Es war eine schwere Geschichte, voll heftiger Wendungen und Schicksalsschläge. Voll Reue und Scham, was Asja in meinen Augen umso stärker machte, jetzt da sie sich sogar meinen Eltern geöffnet hatte.

Irgendwann klopfte es wieder an der Tür und Asja sprang auf, um zu öffnen. Herein kamen zwei Kellner, beladen mit Pizza, Pasta und Salat. Die Düfte erfüllten den kleinen Raum. Mom wischte sich hastig die Augen mit ihrem Ärmel ab, doch die Kellner ignorierten es in professioneller Gleichmut. Rasch waren sie wieder weg und wir machten uns hungrig über die dampfenden Teller her.

Schließlich ergriff Dad das Wort: »Es ist wirklich eine Ehre für uns und sehr stark von Dir, liebe Asja, dass Du uns dieses schwere Geheimnis anvertraut hast. Wir werden alles dafür tun, dass Du trotz dieser Bürde ein erfülltes Leben haben kannst. Aber …« Er räusperte sich. »Wie es aussieht, bist Du nun die Einzige im Raum, die noch nicht um die Gabe meiner Frau und um meine eigene weiß. Also sollten wir –«

»Ja«, fiel Mom ihm ins Wort und strahlte Asja mit geröteten Augen an. »Ich verfüge über eine Form der Hypervision.

Es ist, als hätte ich Augen im Hinterkopf, was häufig sehr praktisch ist.« Asja lächelte und Mom griff nach Dads Hand. »Jetzt Du.«

»Hm, ja, also … Ich kann nicht krank werden. Deshalb arbeite ich auch im Krankenhaus.«

»Erzähl die Geschichte von Deiner Quetschung!«

»Ach ja, genau. Außerdem hält mich meine Gabe davon ab, mich unbewusst in Gefahr zu begeben. Zum Beispiel spüre ich ein Auto kommen, auch wenn es noch gar nicht zu sehen ist.«

»Deshalb sitzt er immer hinterm Steuer, wenn wir in den Urlaub fahren.«

»Naja, einmal, da war ich vielleicht elf oder zwölf, wollte ich aber doch mal wissen, wie es ist, verletzt zu sein. Also hielt ich meinen Zeigefinger in den Türrahmen und schlug die Tür zu. Naja. Einmal und nie wieder würd ich sagen.« Wir lachten. Ich linste zu Asja, die neben mir saß. Alle Last war von ihr abgefallen, sie war befreit, lachte befreit, ihre Gesichtszüge waren entspannt – sie schien sogar freier zu atmen.

Was wäre nur passiert, wäre Martyn nicht gewesen? Schmunzelnd stellte ich fest, dass Asja unterm Tisch mit ihm Händchen hielt. Und ich war froh, dass es mir keinen Stich versetzte. Ich fragte mich nur, was Beo davon hielt.

Nun, was gibt es sonst noch zu berichten? Asja sprach mit ihrer Talentologin über die Herausforderungen einer Gabenlosen. Sie war zuversichtlich, dass sie ihr Leben trotz dieser Einschränkung stemmen würde.

In der Schule waren wir nun ein untrennbares Trio, und weil sie dort geboren war, nannte Asja uns scherzhaft ›Het Trio van den Haag‹. Niemand würde von Asjas Geheimnis erfahren. Und mittlerweile ließ man sie auch wegen ihrer toten Mutter und des vermeintlichen Missbrauchs in Ruhe.

Trotzdem zeigte sie Nikolai Heikkinen die kalte Schulter, und Martyn und ich taten es ihr gleich.

Und endlich erlaubte mir Yade, sie meinen Eltern und meiner Talentologin preiszugeben.

Mom machte große Augen, meinte aber, sie hätte sich schon so etwas gedacht. Ich hatte umso mehr den Verdacht, dass sie meine Begleiter fast spüren konnte.

Dad schlug ganz nach Beo – oder war es umgekehrt? Jedenfalls ließ er sich davon nicht beeindrucken und grüßte nur munter in den Raum hinein: »Schön, Dich kennenzulernen!«

Aber Heidrun, meine Talentologin, war außer sich vor Aufregung.

»ZWEI? Du hast ZWEI unsichtbare Begleiter?« Wie wild schrieb sie auf ihr Notizbuch ein. »Fürs Protokoll: Diese Yade ist einfach so aufgetaucht?« Sie war so fassungslos über dieses Phänomen, dass ich nicht anders konnte als zu lachen. Yade verdrehte die Augen. »Du meine Güte, so spektakulär ist das nun auch wieder nicht.« Ich blickte sie an. Sie lehnte mit dem Rücken an der Wand, die Arme vor der Brust verschränkt. Und ich fragte mich plötzlich, ob sie nicht auch ein gutes Stück beigetragen hatte zu Asjas Genesung. Wäre sie nicht gewesen, wäre ich wohl lange nicht so offensiv auf sie eingedrungen und hätte ihr womöglich tatsächlich das Gefühl gegeben, allein mit sich zu sein und ihrem Schmerz.

Als wir die Praxis verließen (ich hatte Heidrun darum gebeten, kein großes Aufheben darum zu machen), erzählte ich Yade von meiner Erkenntnis.

»Pfft. Weiß der Geier, was wäre, wenn Vogelhäuschen. Asja ist jedenfalls befreit von ihrer Last, und das ist doch die Hauptsache.« Aber ich wusste, dass sie mir insgeheim recht gab.

Eines Abends saßen wir mal wieder zu dritt in unserer Wohnung und Mia scharwenzelte um uns herum. Wir schauten uns ›Die Gabe des Friedens‹ an – den japanischen Weisheitsstreifen mit dem gabenlosen Herrn Mushoku. Ich saß rechts neben Asja, Martyn links von ihr, und beide legten wir unseren Kopf auf ihre Schulter und hielten ihre Hand. Irgendwann ließ Mia sich schnurrend in Asjas Schoß nieder.

Und einmal meinte ich, Asja leise schniefen zu hören.

An einem der letzten wirklich schönen Tage des Jahres lag ich neben Beo unter unserem Apfelbirnbaum abseits der Stadt. Lange betrachtete ich die wogenden Blätter und die letzten goldenen und zinnoberroten Früchte. Ich war wie in Trance.

»Weißt Du was?«, murmelte ich irgendwann.

»Hm?«

»Ich glaube, ich versteh jetzt, was Du meinst mit der Pracht und Herrlichkeit der Welt, die sich in diesem Baum und allen Dingen widerspiegeln.« Ich schloss die Augen und ließ mich fallen in die einfache Schönheit dieses duftenden Augenblicks.

Beo gluckste neben mir.

Es sind so düstre Welten
tief in meiner Brust,
und niemand, niemand –
niemand soll sie jemals sehn

Ich will springen, stürzen, sterben
und die Welten so zerstörn,
dass niemand, niemand –
niemand sie je sieht

Und sollten dies die letzten Worte
sein, die Du noch von mir liest,
dann bitte, bitte –
bitte heb sie auf, vergib mir, Kim!

Denn die Angst gerinnt in meinen Venen
bald zu schweren schwarzen Klumpen,
denn die Tage fließen hin so grau,
so gleißend grau und kalt

Denn selbst das Glück,
das ich noch kenn, schmeckt schal,
denn nichts, was ich noch tu,
scheint Sinn noch Frucht zu tragen

Und am schwersten auf der Seele wiegen
meine dunklen, dunklen Lügen,
mein Geheimnis, meine Scham
und mein Verrat, dass ich es Dir nicht sag.

Es tut mir leid, mein Freund, so leid.